Willie Benzen

Meiner lieben Frau Irina, meinen Kindern und Enkelkindern und meinen Freunden, die mich seit langen Jahren begleiten.

Willie Benzen

Kaminabend

Lyrik, Aphorismen, Prosa

Bibliografische Information der Deutschen Nationalbibliothek: Die Deutsche Nationalbibliothek verzeichnet diese Publikation in der Deutschen Nationalbibliografie; detaillierte bibliografische Daten sind im Internet über http://dnb.dnb.de abrufbar.

BoD Norderstedt In de Tarpen www.bod.de

© 2016   Willie Benzen, Irina Benzen, Marthe Benzen, Aramesh Barbara Naziri, Christel Bröer, Libuse Rudolf, Der Stadtläufer, Peter Reuter, Hans-Max Werner, Marlies Borghold alias Agnes M. Holdborg, Stephanie Mattner und Günter Wendt   Alle Rechte an den Texten haben die Autoren, an dem Buch im ganzen Willie Benzen. Die Verwendung von Texten aus dem Buch bedarf der schriftlichen Genehmigung des Autors.
Korrektorat Irina Benzen
Lektorat Peter ReuterHerstellung und Verlag:
BoD – Book on Demand Norderstedt
ISBN 9 783 741 205 439

BoD

Inhaltsverzeichnis

Alle Texte von Willie Benzen, außer es steht der Name des Autoren vor dem Text

Statt eines Vorwortes	
Christel Bröer	7
Gartengedichte	9
Kindheitserinnerungen	21
Eisblumenzeit	
Agnes M. Holtborg	26
Das alte Lachen	
Stehanie Mattner	35
Spaziergänge	36
Bleib nicht stehen	
Irina Benzen	44
Schwan	46
Ostseenacht	48
Geboren	49
Das fremde Kind © Aramesh	50
Kriegskinder © Aramesh	52
Arbeitsort Irina Benzen	54
Flucht	61
Flucht Libuse Rudolf	77
Flucht	86
Aphorismen	89
Aphorismen	
Hans Max Werner	98
Mondgedichte	107
Aus Dalnij Vostok – Ferner Osten	112
Der erste Honig Peter Reuter	119
Herbstblatt	122

Der Störfall oder der Tag, an dem die Erde beginnt sich zu sträuben	128
Die Sache mit dem klugen Affen Peter Reuter	139
Die Sache mit dem Eigentum Peter Reuter	141
Anders sein Marthe Benzen	143
Gedichte vor dem Herbstblatt	144
Ich mach dich platt Günter Wendt	148
Berlin	154
Ballade der Waffenfabrikaktionäre Peter Reuter	155
Für die Lyriker	157
Menschenordner	162
Vita	166

Christel Bröer
Statt eines Vorwortes

*Wie verändert uns wohl in Jahren Zeit,
weil wir doch wissen, Manches bleibt.
Wir haben uns gefunden, interessengleich,
erleben Freude, Wehmut
und Leidenschaft.*

*Wir haben gemeinsam zugehört,
erzählt, gelesen und auch geschrieben,
wollen Worte zum Leben bringen,
mit Botschaften Gedanken bewegen.*

Aus Fremden wurden Freunde,
und wenn wir auseinandergingen,
fern und auf Reisen ist Freundschaft
geblieben bis zu einem Wiedersehen.

Das Gute wünscht Dir der Freund,
Glück in Licht- und Schattenseiten.
So geht ein jeder weiter seinen Weg,
freundschaftlich und nah verbunden.

Garten der Bücher

Der Gärtner legte
Bücherbeete an
und diese wuchsen
je nach Pflege,
je nach Wunsch.
Sonnen beschienen
sind die Inhalte
freundlicher,
im Schatten wachsen
Krimis und Thriller
und im Halbschatten
dunkle Fantasy,
Liebesromane gedeihen
im roten Licht
wie auch Eros Texte
je gepflegter das Beet,
desto größer die Bücher.

April

April
Erst jetzt
Krokusse blühen
der Winter
so lang
Schneeglöckchen
im April

Kieler Schlossgarten

Erschrocken
sah ich
den positiven Wandel
zurück
in die
wilhelminische Zeit
Der Schlossgarten
hatte wieder seine Blumen
um Kaiser
Wilhelms Reiterstandbild

Junge Leute rissen
Blumen aus

Kieler Schlossgarten 2

Unmittelbar am Kieler Schloss
Steht der dritte Zar Peter
Geboren hier
Aufgewachsen nah
Ermordet von der eigenen Frau
Im nach ihr benannten Palast
Am anderen Ende des
nahen Meers.

Garten Sierhagen – Altenkrempe

Angelegt
zum Verkauf,
die Gärtnerei,
Pflanzen blühen
zum Mitnehmen
in eine ungewisse
Zukunft
Der Wind streicht
Kalt durch Blüten
und Kräuter,
die Skulpturen
aus Stein
nicht kälter

Schnee am Mittelmeer

Palmen stehen am Mittelmeer,
leiden den Winter,
gewachsen in der Wärme.
Schnee fiel selten,
Kinder am Mittelmeer
In verschiedenen Palmengärten
Kennen keinen Schneemann,
keine Schneeballschlacht
und Schlitten gibt es nicht
zu kaufen
im Garten am Mittelmeer.

Blütenmeer

Die Augen reichen nicht
das Feld im Ganzen zu sehen
und es stehen viele Felder
aneinander beieinander.
Auf jedem Feld eine,
eine andere Tulpensorte
als daneben.
Von jeder Sorte ein Feld.
So stehen Tulpen eine Woche,
dann werden sie gemäht
und die Zwiebeln sorgfältig
ausgegraben
 und in Tüten begraben,
und das Tulpenblütenmeer
wird auf dem Kompost
für künftige Tulpenzwiebeln
mit Kalk versetzt,
und von Würmern verarbeitet
zu frischer Erde mit Mineralien.

Garten der Kräuter

Kräuter duften frisch
Minze zart im Schatten
Dill sucht sich Sonne
Liebstöckel überragt alles
Petersilie glatt und kraus
Rosmarin duftet stark
Oregano und Majoran
beobachten sich
Thymian will helfen
Husten vertreiben
Kerbel wuchert still
die Kresse Wasser saugt
Basilikum grünt am Rand
Knoblauch und Zwiebeln
stehen zusammen
mit Schnittlauch

Im Garten an der Eider

Im Garten an der Eider
im Schatten alter Bäume
ein Weiher
quakende Frösche
locken stolzierende Störche an
deren Küken auf der
Spitze des Kirchturms
auf Speise warten

Greenwich

Park mit Rosen
Blumen Ecken
gelegentliche Bäume

Spielende Kinder
fröhlich singend
Breakfast bei Mike

Hundert Meter
Blick über die Themse
London

Hier wird die Zeit geteilt
Ost und West
ein Strich im Boden

Ein Tisch
Herumsitzen fünfzig Herren
Gedeckt mit british cook

Die Frackschöße flattern
im morgendlichen Wind
Sektkorken knallen

Besichtigung der vierundzwanzigstunden Uhr
vorbei an der Rhododendronhecke

dann Lunch bei Mike
> *König Lauriens Rosengarten*

Hier liegen Felsen
Kreuz und Quer
Und keine Rosen
König Lauriens
Tränen würden
Bewässern

Gärten der Loire

Streng die Formen
Verspielt die Blüten
Brunnen lassen Tropfen springen
Gerade Gräben teilen
Bäume beim Wein
Das Plätschern eines Wassers
Vögel zwitschern
Ein Hirsch stolz am Wegrand

Erstes Bild

Ein Mädchen steht
hinter mir
auf meinem Roller.
Sie ist größer, älter.
Die Tochter von Vaters Cousin.
Vor dem Haus in dem wir wohnen
stehen wir, vor dem inzwischen
übergemalten Hinweis
auf den Luftschutzkeller,
deutlich über ihrer Strickjacke.
Mein Roller Pucky.
Das geliebte Haus der frühen Kindheit.

Zweites Bild

Wieder Pucky mein Roller,
diesmal ich allein.
Berliner Platz,
Berlin 356 Kilometer.
Grenzteilung
Meine Strickjacke bayrischer Stil.
Da habe ich viel gelacht.

Drittes Bild

Meine Mutter geht kräftig.
Ich zieh einen Schlitten.
Ute, meine Schwester sitzt darauf.
Die Stadt im Hintergrund.
Noch keine Brücke.
Höhe Spolertstraße
Auf dem Weg zur Baustelle.
Zum Haus, das der Vater baute
Und das heute Utes ist.
Gegenüber der Wald
An dessen anderen Rand
Zar Peter III aufwuchs,
Gut Petersburg
Und Erwachsene Cowboy und Indianer spielen.
Das Spiel, das ich nie liebte.
Ich liebte Pucky,
dann mein Rad
und ich liebte Bücher.
Die anderen Kinder
Fanden mich komisch
In Kronsburg,
kein Indianer, kein Cowboy.
Lesen und Kasperletheater.

Noch ein Bild

Der Frisörsalon im Haus,
zwei Abteile
Damen und Herren.
Ich komme alle zwei Stunden.
Hinter dem Vorhang.
Der Besen fegt die Haare,
geführt von meiner Hand.
Stolp gibt mir ein paar Pfennige.
Zum Bäcker, Frau Klindt,
zwei Negerküsse,
die heute Schaumküsse heißen,
kaufen.
Mit der Tüte in der Hand an den Hafen.
Bahnhofsbrücke MS Stadt Kiel.
„Hallo Käpt'n,
bis Seegarten auf der Brücke, bitte."
Bahnhof, Gaarden, Seegarten,
dann mit der Heikendorf zurück.
Haare kehren.
Frau Klindt verkauft an
„Min Jung" „Mohrenköppe un en Zimtschnecke."
Danach zur Miederfrau um die Ecke.
Die Kundin beäugt mich sparsam,
ich geh durch, die Treppe hoch nach hinten.
Die Miederfrau kommt bald.

„Kakao zum Negerkuss?"
„Ja, für Dich ist die Schnecke".
Wir trinken Kaffee und Kakao
Und sprechen über das Buch,
dass ich lese.
Über die Straße auf den Hof
Der Schlachterei,
wo heute Hempel wohnt,
die Obdachlosen ein Café finden,
zu Malte,
der bei seinem Vater
zusieht beim Würstchenmachen.
Nie war die Wurst so lecker.
Frisch, nur kurz gebrüht.
Danach zu meiner Mutter
In die Brauerei
Malte ist mit.
Hier trinken wir eine Limo.
Dann nach Hause.
Die Großmutter wartet schon.
Wir kuscheln
Und dann geht es los.
In die Straße, die nirgendwo endet,
einen Kilometer geradeaus.
Irgendwo eine Tür in der Hecke,
ich lauf voraus.
Dann wieder eine Tür in der Hecke,
unser Garten,

Stachelbeeren pflücken,
Schaukeln die laute Schwester beruhigen.
Vater kommt spät.
Der Garten ist zum Jahresende gekündigt
Eine Straße soll hierher.
Abends werden die Stachelbeeren
Zu Marmelade gekocht.
Im nächsten Jahr beginnt Kronsburg,
das Haus.
Ich will zurück
Zum Frisör, Fahrradgroßhandel,
Schiff, Schlachter und die Miederfrau.
Alle lieben das Haus.
Alle?
Nein, ich nicht.

Marlies Borghold alias Agnes M. Holdborg
Eisblumenzeit

Als ich Kind war, fühlte sich ein Jahr lang an. Sehr lang – unendlich lang. Weihnachten, das Fest der Kinderfeste, war vorüber. Die silbrigen Lamettafäden lagen wieder sorgfältig in der Originalverpackung. Ein letzter Hauch von Tannenduft, Zimt und Vanille hing in der Luft. Die restlichen Nüsse wurden geknackt. Dann war er leer, der Weihnachtsgabenteller.

Ich spüre noch heute die wohlige Wärme unter der Bettdecke im eisigen Januar. Vor dem Zubettgehen war es allerdings bitterkalt im unbeheizten Schlafzimmer. Mit Puppe Petra, Wärmflasche und der zusätzlichen pastellfarbenen Wolldecke wurde es dennoch schnell mollig warm.
... Die Träume von Kniestrümpfen und lauer Luft, die sanft um die bloßen Beine strich, von und fröhlichen Sommerfarben versüßten mir die Nacht. ...
Am frühen Morgen konnten meine Schwester und ich weiße Atemwölkchen in das Licht des Nachttischlämpchens hauchen - und auf die Fensterscheiben, um einen ersten Blick durch

die Eisblumen hinaus auf die Schneemannwelt zu werfen.
Eisblumenzeit.
Schneeballschlachten – Schlittenfahren.
Ich weiß noch, wie die Flocken auf der Zunge zergingen. Wie der Schneeengel, den ich am Boden hinterlassen hatte, mir zuwinkte, und wie klamm meine Sachen waren, wenn wir uns mit geröteten Gesichtern die tiefgefrorenen Hände vor dem Kohleofen rieben.
Die Nasen haben wir uns am Fenster plattgedrückt, weil es nicht aufhören wollte zu regnen.
Regen bringt Segen. Regen über Regen. Ohne Ende.
Ich hörte das Rauschen und Tosen, das Blitzen und Donnern des Februargewitters, das dann neuen Schnee mit sich brachte. So viel, dass mein rosafarbenes Prinzessinnenkleid zu Karneval ganz nass und schmutzig wurde, als ich darin durch den kniehohen weißgrauen Matsch stapfte.
Schmuddelschönzeit.
Brausepulver mit Einmachpflaumen ergeben eine schöne Farbe und ein interessantes Bild und einen einzigartigen prickligen Geschmack.
... Nachts träumte ich vom Marienkäfersammeln an den Weißdornhecken. ...

Die Märzensonne ließe Sommersprossen sprießen, so hieß es. Aber wo keine waren, da sprossen auch keine Blass, blond, bebrillt – in Wollstrumpfhosen und Pepitakleidchen, mit Anorak und Häkelmütze wartete ich auf die Sommersprossensonne und trotzte dabei der Märzenkälte.

Noch immer war es oft so bibberkalt, dass wir uns dankbar die Hände unter dem Außengebläse der Wäscherei am Weg zum Kindergarten wärmten. Was für ein Spaß. Und was für eine Erfahrung für die Geruchsnerven: Seife, Stärke, Wasserdampf. Warm und heimelig brummelten die Nebelschwaden aus dem Aluminiumrohr. Tag für Tag, eine verlässliche Wärmequelle.
Warm und Kalt-Zeit.
Die ersten Frühjahrsboten brachten mir mächtigen Ärger ein. War doch die Nachbarsfrau gar nicht begeistert davon, dass ich ihre Krokusse pflückte, weil ich meiner Mutter eine Freude machen wollte.
... Tauchen im kleinen Bach, dort wo die durchsichtigen Stichlinge geboren wurden. Zum Greifen nah. Das kristallklare Wasser floss noch durch meine Hände, als ich aufwachte. ...

~~~
Ostern. Familie, Festtagsessen. Im Sonntagskleidchen das Treppengeländer hinunterrutschen. Wattebauschige Kirschblütenbäume. Gelbe Forsythienexplosionen. Festtagsstimmung. Bunte Eier, rührselige Häschen.

Mit Bruder und Schwester saß ich auf dem Fenstersims im zweiten Stock und wienerte meine Schuhe blank. Alles musste perfekt sein für den Besuch bei Onkel Heini.
Spätestens beim Osterfeuer waren die Schuhe stumpf, das Kleid und das Gesichtchen schmutzig. Wir liefen mit den Eltern im Dunkeln nach Hause. Im Dunkeln, damit die Nachbarn nicht sehen konnten, wie dreckverkrustet wir Kinder vom Spielen waren.
Glückliche Zeiten.
Ich war müde. Mein Vater trug mich das letzte Stück und legte mich ins Bett.
... Keine Träume, zu viel Schokolade. Die Nacht über der Toilettenschüssel war lang. ...
~~~
Der Tanz unter der Maitremse war eine frisch duftende und zudem einzigartige Angelegenheit.

Frischezeit.

Für mich das Normalste von der Welt, doch gibt es diesen Brauch nur in meinem Heimatort. Ihre glockenförmige Gestalt erhielt die Maitremse durch ein Drahtgestell, das über und über mit bunten Papiergirlanden, Fächern und Fähnchen und nicht zuletzt Eierketten geschmückt wurde. Fasziniert hatte mich immer die weiße Holztaube, die darin flog. Hoch oben in der Luft hing dieses Kunstwerk über der Straße und bekundete den ersten Mai. Reigentänze und Singspiele darunter gehörten zur Tradition.

Es hatte lange gedauert, bis ich mir meinen Geburtsmonat merken konnte. Immer wieder fragte ich vorsichtshalber meine Mutter danach, um dann bei „Und wer im September bebor-ho-ren ist, tritt ein, tritt ein, tritt ein" in den Reigen einzutreten und zu „Mädel dreh dich, Mädel dreh dich im Kreise herum" das Röckchen fliegen zu lassen.

Die Hände noch klebrig vom Amerikaner spazierten wir danach im Sonnenschein hinaus zu den Weiden, um Wiesenschaumkraut und andere Frühlingsblüher zu pflücken und Kränze und Sträuße daraus zu binden. – Elfen im Maienlicht. Die Mädchen jedenfalls.

... Der Kuchen lag in der Nacht schwer im Magen, doch die Träume von Schwalbenschwärmen in der Luft, von Glühwürmchen und eiskalter Limonade trübte das nicht. ...

Der Sommer war soooo lang und begann schon im Frühling. Unglaublich, was man im Sommer alles machen konnte: Rohen Rhabarber, in Zucker getupft, schmatzen und dabei nicht das Gesicht verziehen. Marienkäfer aus den Weißdornhecken in Zigarrenkisten sammeln. Rollschuh fahren, Erdbeeren stibitzen, Johannisbeeren pflücken, Stichlinge jagen, beim Einmachen helfen. Den zuckrigen Schaum vom Marmeladekochen vom Löffel schlecken. Verstecken spielen. Plantschen.
Aufgeschlagene Knie und kratzige Mückenstiche. Der Duft von Weizen, Mohn- und Kornblumen hing in der heißen Sommerluft.
Heugeruch und Strohpiekser - Zeit
... In meinen Träumen flackerten und tanzten bunte Lichter durch finstere, kühle Nächte, machten sie hell und vergnüglich. Laternenstimmung. ...
~~~
Der Herbst näherte sich kaum merklich. Noch war Sommer. Strahlend, warm, reizvoll, abenteuerreich. Die ersten bunten Blätter blieben unerkannt.

Lustige Flammen züngelten in den würzigen Kartoffelfeuern, aus denen schwarz verkrustete Klumpen geklaubt wurden Köstlichkeiten, die Mund und Zunge verbrannten. Diese Feuer hatten bald ein Ende und machten neuen Entdeckungen Platz.
Am frühen Morgen oder späterem Abend prustete aus den großen Nüstern der schwarzbunten Kühe auf der Tenne bereits wieder Dampf. Die Kühle kehrte ein.
Strickunterhosenzeit.
... Ich hauchte Traumlöcher in die Eisblumen, um den Winter zu sehen. Er streifte seinen Atem über mein Gesicht, bis ich lächelte. ...
~~~
Endlich raschelte und knisterte es überall verlockend und geheimnisvoll. Keine Laubpuster, nur Harken und Rascheln. Hohe rot-gelb leuchtende Blätterhaufen, die zum Hüpfen und Springen einluden.
Der rosarote Abendhimmel bekundete, dass die Engel bereits die ersten Weihnachtsplätzchen buken.
Farbenzeit.

Erdiger Geruch. Eicheln und Kastanien wollten zu knorrigen Waldschraten verarbeitet werden, dank unzähliger Streichhölzer.

Bunte Lichter auf dunklen Gräbern, schaukelnde Laternenkunstwerke aus schwarzem Karton und farbigem Transparentpapier und der Duft der Stutenkerle mit ihren weißen Tonpfeifen.

In dieser Jahreszeit wurde die Fantasie geboren, keine Frage!
... Der Schneemann in meinen Träumen trug über seinem Eierkohlegrinsen eine Möhrennase so groß wie der Kirchturm im Dorf. ...

So lang dauerte ein ganzes Jahr, unendlich lang

Heute muss ich aufpassen, dass ich nicht den Überblick verliere. Weihnachten kommt immer so schnell und überraschend!

Der Geruch nach Schnee kitzelt mir immer noch in der Nase. Leider nicht mehr so häufig, und leider passt er mir auch oft so gar nicht in den Kram, weil Schnee das Autofahren beschwerlich macht.

Aber er bedeutet: „Eisblumenzeit", auch wenn es diese zarten Gebilde heute eigentlich kaum mehr gibt.
Bei der „Schmuddelschönzeit" wird mir eher schwer ums Herz, und ich entfliehe dem bunten Karnevalstreiben
Die „Warm und Kalt-Zeit" bereitet mir manches Mal Frühjahrsmüdigkeit und Depressionen.

Selbst die „Festtagszeit" und „Frischezeit" schwirren heutzutage wie die Kirschblütenblätter vom Baum, noch bevor ich sie wirklich registriert habe.
Immer noch glaube ich, der Sommer mit seiner „Heugeruch und Strohpiekser-Zeit" sei lang, bis er sich nach einem Wimpernschlag dem Ende nähert.
Der Herbst läuft mir bei meinen Spaziergängen davon, wobei ich die „Farbenzeit" genieße, die „Strickunterhosenzeit" gänzlich aus meinem Gedächtnis gestrichen habe, was eindeutig besser ist.
Ja, und dann ist auch schon wieder Advent. Mit Kerzen, Plätzchenduft und Weihnachtsliedern.

Es ist Winter. Wieder einer.

Wieder ist Eisblumenzeit!

Stephanie Mattner
Das alte Lachen

Ein gerahmtes Foto, neben mir:
Ein vergangenes Strahlen,
in einem unwissenden Gesicht –
schwarz-weiß, schlicht.

Könnte ich noch Worte malen,
die so viel Echtheit besitzen,
die noch so tiefe, unschuldige Freude
in meine erwachsengewordenen Gefühle ritzen.

Doch dieses Kinderlachen hat Falten bekommen,
von den unentwegten Gedankenspielen;
Und lächelt nun angespannt-verlegen,
dieser alten Erinnerung entgegen.

Spaziergang am Amur im Winter
(im Park am Stadion)

Durch das Tor, das auch Autos einlässt,
bewacht von Soldaten,
jetzt im Winter im Torhäuschen,
hin zum Hafenbecken,
zugefroren.
Es sitzt ein Angler auf dem Eis.
Ein Loch hat er gebohrt,
wartet auf Ryba – Fisch,
den er gleich tötet,
die Innereien in den Amur.
Wodka und Tee wärmen
bei minus 23 Grad,
gefriert der Atem im Bart.

Die große Amur Brücke im Norden,
gehe ich nach Süden.
Im Westen die chinesischen Berge,
im Osten Chabarovsk.

Auf dem Eishockeyfeld,
im Sommer Fußballplatz,
umzäunt von rostigem Maschendraht.
Soldaten räumen Schnee
Spielen Kinder Eishockey.

Ein altes Paar geht am Freibad vorbei,
es ist geheizt.
Dunst zieht über die Badenden,
die durch hohe Mauern
nur hörbar sind.
Ich denke,
ob der Mann wohl
am Großen Vaterländischen Krieg
teilnahm?
Was er wohl
von uns Deutschen denkt?
Das Stadion,
groß,
mit machtvollem Vorplatz,
lenkt meine Gedanken
von ihnen ab.

Gleich kommt die Eishockeyhalle,
dazwischen der Blick
auf die Backsteinkirche,
überall Denkmäler
aus der Zeit des Kommunismus,
heldenhaft blickende Sporttreibende
Jugendliche,
irgendwo Lenin.
Im Sommer und Herbst
waren Kinder
Klassenweise
zum Laufen auf Beton hier.

Lenin blickt von seinem zweiten Sockel,
auf die Sieger.
Die hohe Treppe auf den zweiten Berg,
vorbei am ersten Hotel
und am Local Lore Museum,
führt zur Konzerthalle, Offiziersheim
und zur neuen weißen Kirche.

Unterhalb der Klippe,
führt der Weg.
Hoch auf dem Felsen
ein Café mit Panoramablick,
beliebt bei Hochzeiten.
Erinnerungsfotos mit
chinesischen Bergen hinter dem Amur,
halbrund mit Turm.
Dahinter steht auf seinem Sockel
Murawjew – Amurskij,
der erste Gouverneur des Fernen Ostens.

Die lange Kurve,
am Strand entlang,
dort wo im Sommer
die Menschen sich sonnen,
links, die jetzt Stille,
im Sommer laute
open air Disko,

auch die Imbisse und Bierbuden
sind jetzt geschlossen.
Einsam werkelt ein alter Mann
an seinem Boot.

Ein Teil des Strandes
wird als Zufahrt
für Lastkraftwagen
auf den Amur genutzt.
Die schweren LKW
fahren Boden
auf eine kleine Amur Insel,
über das Eis,
vierzig Tonnen schwer.
Der Anleger für das Schiff
ist im Winterquartier.
Einsam ragen Pflöcke
aus dem Eis.
Im Sommer zieht´s
Badende hierher,
im Winter Eisangler.

Mülltonnen werden von
ängstlichen Hunden
nach Essbaren durchsucht.
Sie flohen wohl aus China
über das Eis,
da sie dort Delikatessen sind,
weichen jedem Asiaten aus,
aus Angst vor deren Speiseplan

Zurück den gleichen Weg.
Ein Angler kommt beim Stadion
Die Treppe hoch,
den Eimer voller Fisch,
riecht er stark nach Wodka,
hat genug gefroren.
Morgen geht´s aufs Eis zurück.

Hindenburgufer abends
(Neu: Kiellinie)

Es regnet leise auf das dunkle Wasser.
Schritte hallen, am Ufer die Promenade.
Lichter lächeln über das Wasser, weich.
Das Licht erhellt nicht, aber wärmt.

Auf der anderen Seite das Kraftwerk.
Auf dieser Angler auf Dorsch.
Grüne, weiße und rote Lichter suchen
Schiffskontakt.

Der Schrei einer Möwe schrill, laut und heiser.
Draußen ein großer Pott umrahmt von Lichtern.
Yachten zerren sanft schaukelnd
laut knarrend an den Tauen.

Hinter dem Leuchtturm, weit draußen,
der Lichtschein des Nordens

Ein Angler tötet einen Dorsch und nimmt ihn
aus.
Speck und Zwiebeln gehören zum Butt.
Dorsch liebt es gekocht mit weißer Soße,
gepellten Kartoffeln und Petersilie.

Skater hindern den Spaziergang.
Zurückliegend die Silhouette der Stadt,
herausragend
der Turm der Telekommunikation.

Umkehr bei den olympischen Ringen von 1936.
Zurück in die Stadt,
rund um das Ende
des Meeres gebaut.

Vorbei wieder am jetzt Tee trinkenden Angler,
obwohl wärmender Rum dabei ist,
und den dümpelnden Booten und Yachten.
Der Wind heult durch die Masten.

In ein am Wasser gebautes Restaurant,
früher Mensa der nahe studierenden Mediziner
mit Blick auf das dunkle Wasser,
aufwärmen.

Den Regen fort trocknen bei Flensburger Grog,
die Damen bevorzugen Glühwein oder Tee.
Die Augen auf das in Sehnsucht gehüllte Wasser
gerichtet.

Das Meer verbindet uns mit den Ländern des
Nordens.
Es trennt nicht von den baltischen Weiten

wie es das nahe Meer im Westen
mit den Ländern an seinen Ufern macht.

Aufgefüllt von der nächtlichen Schönheit,
kreisen Gedanken und Träume über dieses Meer,
in der Stadt, in deren Herzen das Ende des Meeres
umschlossen wird durch Häuser und Werft.

Irina Benzen
Bleib nicht stehen

Du sollst nach vorne
immer streben,
egal, wie es dir geht!
Weiter, voran! Zum Horizont,
der immer wartet auf dich,
Hoffnung und neuen Anfang gibt.

Lass dir von Anfang an
im Leben sicher sein:
Verdirbt das Wasser,
Wenn es steht.
Hast Du ein Pferd,
dann reit nach vorn,
wenn nicht, dann geh zu Fuß,
zu deinem Horizont!

Wenn du schon gehst,
dann bleib nicht stehen.
Gedanken fließen besser unterwegs,
als die, im geschlossenen Raum.

Es wird nicht leicht,
du darfst nicht murmeln, nicht bereuen,
dass du schon unterwegs,
lenk nicht ab,
und lauf oder fliege,
nur bleib nicht stehen.

Du überwindest Sturm, Unwetter
und endlich, über Jahre,
erreichst du deinen Gipfel,
deinen Sonnenaufgang!
Das ist dein Glück, mein Freund
dein Horizont.

Schwan

Drei Jahre wohnten wir in der Wik, nahe der Kieler Förde. Innerhalb von wenigen Minuten erreicht der Fußgänger die Kieler Promenade unmittelbar an einem Yachthafen kurz vor dem Marinehafen. Dort kommen nicht mehr so viele Spaziergänger an, wie weiter Stadteinwärts, dort bei den Ministerien, am Biergarten vom In-Café Louf. Auf unserem Ende laufen die Jogger, sind die Inliner und Skater sowie die Menschen mit den Hunden, oft fragen wir uns wer mit wem spaziert, meist sind es die Hunde, die Herrchen hinter sich herziehen.

Eines Tages erzählte meine Frau mir aufgeregt, dass ein Schwanenpaar an der Kaimauer beim Yachthafen ein Nest gebaut hat. Täglich besuchte sie jetzt die Schwäne, brachte ihnen Brot, kaufte oft welches für die Schwäne. Sie kam zum Ufer und rief nach dem Schwan, der nicht auf den Eiern saß: Schwan, hallo Schwan, und die Schwäne kamen, lösen sich beim Brüten ab und aßen das Brot. Die Möwen scheuchte sie fort. Sie liebte die Schwäne.

Nachdem die Jungen geschlüpft waren, bekamen auch sie ihr Brot. So ging es bis in den Winter und auch das ganze zweite Jahr. Meine Frau sprach mit den Schwänen, wenn es ihr nicht gut ging, ging sie zu ihnen. Vor zwei Jahren stieg eines Tages das Wasser im Hafen dramatisch an. Die Feuerwehr schaffte eine Palette herbei und schob diese unter das Nest. Die Palette wurde vertäut und schwamm, die Schwäne brüteten weiter. Fünf junge schlüpften aus den Eiern. Meine Frau sah, wie der Vater die Kinder, als er annahm sie wären Erwachsen, fortjagte. Ein Junges blieb dennoch bis zum Frühling.

Im April bauten sie ihr Nest. Die Schwanenmutter legte sechs Tage lang täglich ein Ei. Kaum hatte sie die Eier gelegt stieg wieder das Wasser. Ein paar Tage später sagte meine Frau, das Nest hätte jemand an eine andere Stelle gebracht, geschützter. Die Schwäne schwimmen um das Nest herum, gehen nicht auf die Eier. Am nächsten Vormittag sagte sie, der Schwan sei fort und die Schwänin schwimmt noch immer um das Nest herum. Nachmittags erzählte sie mir, die Eier sind weg. Die Frau Schwan hat ihr Brot gegessen, viel weniger als sonst, dann hat sie sie angesehen mit einem Blick voller Schmerz, wie zum Abschied und ist fortgeschwommen. Meine Frau weinte während der Erzählung.

Ostsee Nacht

Das Fischerboot – abends von Möltenort
fährt auf die Ostsee zu den Fischgründen
bei rot sinkender Sonne
harte Arbeit folgt in der Nacht

Morgens bei aufgehender Sonne
zurück an Land
die Fische werden an Kunden
aus dem nahen Kiel verkauft

Die Gaumen lieben frischen Fisch
mit Zitrone und weißer Meerrettich-Dill-Soße
alter Fisch giftet
der Fischer geht allnächtig auf See

Geboren

Geboren wurde uns ein Kind,
es liegt bei Kuh und Esel.

Eines Hirten Mantel wärmt es,
und die Weisen beten zu seinem Sein.

Ihr werdet es einst nageln
an Besetzers Kreuz,
und lieben werdet Ihr es nicht,
denn sein Mund tut Wahres kund.

Auch die es lieben werden
seinen Worten nicht vertrauen.
Sie werden Euch verfolgen
und seinen Namen nennen.

Warum nur gibt es Hass?
Wozu den Schmerz?
Können wir nicht einfach
alle leben mit Frieden

„Aramesh" Barbara Naziri
Das fremde Kind

Ein Kindlein wurde uns geboren
im fernen Orient,
im Silberblau erscheint sein Stern,
so hell am Firmament.

Das Volk strömt zu dem Menschensohn,
um Liebe zu empfangen,
in Lumpen oder Prachtgewand
sind sie zu ihm gegangen.

Von Mund zu Mund ging eine Mär,
drei Weise sind erschienen,
sie brachten Weihrauch, Myrrhe, Gold
wollten der Liebe dienen.

Die Zeit verging, der Menschheit Traum
sucht ständig nach Erfüllung,
der Frieden fern, die Freiheit kaum,
weil alles nur Verhüllung.

Obwohl er nur ein Jude war,
malt man ihm blaue Augen
und auch sein rabenschwarzes Haar
blondiert mit gelben Laugen.

Ein fremdes Kind läuft durch die Nacht,
schaut still in helle Räume,
in denen sich im Glittertand
verbeugen Weihnachtsbäume.

Es klopft an Türen und ans Tor
und an den Fensterladen,
kein Mensch tritt aus dem Haus hervor,
das Kindlein einzuladen.

Sein dunkles Haar ist nass vom Schnee.
Es reibt die kalten Hände,
im Herzen regt sich tiefes Weh,
erstarrt durch nackte Wände.

Auf kaltem Stein hockt es sich nieder,
so müd' die Augen, Tränen fließen,
die Tropfen fallen in den Schnee,
aus dem - oh Wunder - Rosen sprießen.

Das Himmelsdunkel wird zum Licht,
sanft tönt es aus der Ewigkeit:
„Komm endlich heim, mein liebes Kind,
die Menschen sind noch nicht so weit."

Aramesh Barbara Naziri
Kriegskinder

Felder, dumpf vom Krieg geschwärzt,
liegen nackt im Sturm der Zeit
und vom Hunger ausgemerzt
hallt ein Schrei, gepresst von Leid.

Blutrot steht der Sonnenball,
streift die Toten, die vermodern,
irrt durch Trümmer und Verfall
und durch Flammen, die hoch lodern.

Kleine Wesen, traumverloren,
wandern durchs Ruinenfeld,
Kinder, die mit Angst geboren,
in die Trümmer dieser Welt.

Sehnsucht in den kleinen Herzen,
Augen ohne Glanz, so matt,
am Altar der blut'gen Kerzen –
Grauens letzte Ruhestatt.

Ach, sie möchten so gern leben,
spielen wie das Weltenkind,
statt in Angst und Not erbeben.
Sand im Stundenglas verrinnt.

Wie der Staub vom Wind getrieben,
sind sie ohne Halt und Glück,
wurzellos sind sie geblieben
und der Weg führt nicht zurück.

Blutige Flüsse fließen zäh…
pulsieren mit Gewalt dahin.
Beten dringt aus der Moschee.
Heimat, Trugwort ohne Sinn.

Politik schwört unverhohlen
abgedroschene Versprechen,
leere Worte und Parolen –
selbst, wenn Kinderaugen brechen.

Blutgeld wechselt rasch die Tasche,
Flüchtlinge sind kein Gewinn.
Ein Versprechen bleibt nur Masche,
Menschen sterben ohne Sinn.

Wenn die Geister sich erheben,
schwebend im Gedankenraum,
hörst Du Stimmen: Ich will leben!
Das war nur ihr Kindheitstraum.

Irina Benzen
Arbeitsort

Mein Mann arbeitet gern. Ohne Arbeit ist er sehr nervös und träumt nicht. Manche, vielleicht viele Leute träumen, dass sie wenig arbeiten und viel Geld haben. Das, aber ist nichts für meinen Ehemann. Er ist Reisebusfahrer. Im Oktober ist meistens die Saison zu Ende. Es ist die Zeit der Erholung gekommen, aber nicht für ihn. Er sucht und sucht nach einem festen Arbeitsplatz und es klappt nicht. Er ist immer bereit weiter zu arbeiten, egal wo der Arbeitsplatz liegt, weil er seinen Beruf liebt. Diesmal sind wir in den Süden gefahren, dorthin wo die Berge sind, nach Österreich. Wir haben beschlossen nicht zu hetzen, um nicht eilig an einem Tag den Arbeitsort zu erreichen. Wir übernachteten an einem schönen Ort, wo die meisten Menschen extra Hotels buchen, um den Weihnachtsmarkt zu besuchen und einige Tage dortbleiben, um die Weihnachtsdekoration und die weihnachtliche Atmosphäre zu genießen. Wir haben es sogar geschafft, die Rede des Bürgermeisters auf dem Christkindlmarkt zu hören. Es machte uns nichts, dass wir die Bühne und die Balkone wegen der dichten Masse der Leute nicht sehen konnten. Wir hatten Glück am nächsten Tag, im

Fernsehen, am Arbeitsort, das Christkind, das auf dem Balkon stand, gesehen zu haben. Echt etwas Besonderes ein Christkind.

Am Arbeitsort meines Ehemannes war wunderschön. Jeden Tag ging ich spazieren und bewunderte nicht nur die Schönheit der Berge, sondern die Gutherzigkeit der einheimischen Bevölkerung. An einem Tag wurde ich so viel von unbekannten Menschen begrüßt, dass am nächsten Tag ich die Leute automatisch begrüßte. Für mich ist es ungewöhnlich, dass fremde Menschen einander begrüßen, angenehm aber.

Am Montag ging ich ins Zentrum. Der Weg führte durch die Berge und ich wunderte mich, wie die Wiesen gepflegt sind. Alles ist zum Winter vorbereitet. Die Zäune sollen Schnee halten, sind aufgestellt und gut befestigt; die Pflanzen sind mit Schnüren gebunden oder mit Tannenästen abgedeckt, das gehackte Holz ordentlich gestapelt. Der Weg führte über den Berg und durch den Wald. Unterwegs konnte man sich ausruhen, weil da Bänke auf dem Wege stehen. Die meisten Bäume sind Tannenbäume und sie schmückten die Gegend. An einer Stelle lagen die gefällte Bäume so schön und ordentlich, dass meine Augen sich freuten. Ich konnte nicht durchhalten und machte einige Fotos.

Im Vergleich zu anderen Ländern sah alles perfekt aus! Ich war schon in einer Gegend, wo die Bäume gefällt wurden, dort sah alles aber so aus, als ob jemand sich gequellt hat. Es war schwer das anzusehen, als ob jemand nicht gelernt hat, das Fällen zu üben. Fürchterlich! Als ich nun die graden Schnitte der Stämme sah, kam ich auf den Gedanken, dass hier Profis arbeiteten oder die Leute, die ihren Beruf lieben und mit Natur schonend umgehen. So ordentlich wurden die Bäume gefällt, als ob man nicht wehtun möchte. Eine Stunde habe ich gebraucht, um ins Zentrum zu kommen und ich bedauerte nicht, dass ich nicht mit dem Bus gefahren bin. Ich habe wirklich die Ordnung der Natur genossen. Im Zentrum der Stadt war es ganz ruhig. Die meisten Geschäfte waren geschlossen, alle warteten auf die Eröffnung der Wintersaison. Hier ist ein Skigebiet. Die einheimische Bevölkerung wartete auf den Schnee, weil die Saison beginnt, sobald der Schnee auf den Bergen, auf den Feldern, aber noch nicht auf den Wegen liegt.

Der Ort ist wirklich klein aber fein und gemütlich. Die meisten Geschäfte haben Mittagspause, wie es früher in vielen Ländern war. Das erstaunte mich, weil die meisten Läden schon fast vierundzwanzig Stunden geöffnet sind. Langsam habe ich verstanden, dass ich in einer Gegend bin, wo andere Sitte und Bräuche herrschen und habe aufgehört alles mit meinen Vorstellungen zu vergleichen. Ich habe auch keine Mülltonne gefunden, um meine schon drei vollen Taschentücher wegzuwerfen. Sogar bei einem großen Laden konnte ich keinen Müllbehälter finden und danach zu fragen war für mich peinlich. Dann habe ich mich an die Haltestellen erinnert. Bei uns war immer ein Müllbehälter dort, hier auch. Auch darüber habe ich mich gefreut. Ach, so! Deshalb sieht es alles so sauber aus, gut versteckt von den Leuten und auch von den Krähen. Übrigens sind die Vögel schon im Süden. Ich habe kaum welche gesehen oder gehört.

Die Wege in den Bergen haben viele Kurven und die Autos fahren mit hoher Geschwindigkeit. Fußgänger gibt es kaum. Alle fahren mit Autos und ich habe den Gedanken bekommen, als ob die Autos lebendig sind und mir das Leben zeigen wollen. Genauer gesagt, dass man durch Autos sehen kann, wie arbeiten und was machen die Menschen, womit sie sich beschäftigen. Vieles ist auf dem Auto geschildert, deshalb sieht man einen Menschen nicht, sondern nur die Tätigkeit der Menschen. Keiner langweilt sich, sogar in einem Geschäft war kaum zu sehen, dass jemand einfach so dasteht – jeder ist bereit, die Kunden zu bedienen. Sogar die Kassiererin dekorierte etwas im Schaufenster und entschuldigte sich, dass ich auf sie ein bisschen warten musste.

Als ich an einem anderen Tag hoch auf dem Berg war, kam ein Bus entgegen und ich fuhr zurück zu meinem neuen Zuhause. Das war Erleichterung, weil ich die Zeit nicht bemerkte und ging zu weit von dem Wohnort. Im Bus habe ich einen Arbeitskollegen, Peter, von meinem Ehemann kennen gelernt. Der fuhr diese Linie schon lange, einige Jahre. Wir begrüßten einander und ich fragte einiges über meinen Mann. Peter nickte meistens zu und ich verstand nicht, ob es wahr ist, oder er Angst hat falsch zu sagen, oder einen anderen Menschen traurig zu machen. Nach diesem Treffen bekam ich solch einen Gefühl, dass die Leute mich grüßten, als ob ich vom Gott war. Sie lächelten freundlich, die Augen aber traurig waren und das war bei den meisten, als ob sie Angst hatten, etwas falsch zu machen und der Gott sieht das und bestraft sie später.

In der Gegend gibt es viele kleine geschmückte Kapellen und ich möchte nicht übertreiben, aber fast jede 200 Meter steht etwas, was über den Gott spricht. Mit der Zeit drückte das auch auf mich und ich habe Verständnis für die Leute bekommen. Sie sind fromm, falls ich so sagen kann. Trotzdem kam das moderne Leben in den

Ort, mit seinen modernen Sportarten wie Biathlon und Skispringen.
Der Urlaub in den Bergen ist gar nicht so billig, wie ich mir vorgestellt habe. Ich war in einigen Läden, um zu sehen, was kostet alles was man braucht, um Ski zu laufen oder vom Berg runter zu fahren. Um sicher zu sein, nicht zu verhungern und natürlich in einem warmen Haus zu übernachten und nicht in einem Zelt und dazu zur Erinnerung noch einen kleinen Skikurs nehmen, braucht man schon ein Monatsgehalt für eine Woche. Wenn jemand noch Ski oder Schuhe mit Anorak leihen möchte, stellen Firmen gern zur Verfügung, muss aber alles Geliehene für einen Tag oder für die ganze Woche entsprechend bezahlt werden.
Die einheimische Bevölkerung freut sich auf den Schnee, weil die Gegend vom Tourismus lebt. Wegen der Klimawandel ist der Winter kürzer geworden, genauer gesagt dreieinhalb Monate, früher bis vier Monate lag der Schnee auf den Bergen und das macht große Sorgen für die Zukunft. Zwei Monate im Frühling und so viel auch im Herbst machen eine Pause zwischen Winter und Sommersaisons. Während der Zeit macht die Natur auch eine Vorbereitung: das Wasser fließt von den Bergen, die Wanderwege trocknen sich vor sich hin und werden von den Forstarbeitern vorbereitet, neue Marschroute gelegt.

In diesem kleinen Ort gibt es genug Stellen, wo sich die Erwachsenen, die Kinder oder ganze Familien erholen konnten.

Tränen der Flucht

Das Meer schmeckt nach Tränen
geweint von zahllosen Kindern
in der Stunde ihres Todes

Angeschwemmt verstorbene Babys
an der Küste Hellas
verkrampft vor Erschöpfung

Bilder genossen bei Chips Genuss
die Tagesschau zeigt brutal
die Realität

Schicksal

Die Granate reißt dem Mädchen
das linke Bein
und den rechten Arm weg
sie verblutet vor den Augen
des jüngeren Bruder

Die Wohnung zerbombt
Schwester und Eltern tot
beginnt die Reise
weit fort von dem Leid
allein zu Fuß

Mit einem Schlauchboot
Über das Meer der Tränen
Hinweg auch schlafend
auf Friedhöfen
ins kalte Land
Zu Mama Merkel

Die Schule herbei gefreut
abgelehnt von Pegida
Der braunen Stimme
der schweigenden Menschen

Der Junge soll im Land
der braunen Stimme lernen
Seine Angst schleicht zurück
ergreift Besitz
Tod und Verzweiflung

Dann sind da noch Helfer
die werden bekämpft
sie schreien zackig
den Jungen nieder
und treiben ihn zu
denen die sein Tod
erfreut wenn Feinde sterben

Gedanken eines Syrischen Christen

Syrien I Deutschland

Ein Schuss fällt
Die Wand zur Straße
Wo gestern noch
Die Straße war
Ein Loch
Der Vater tot
Der zweite Sohn
Röchelnd stirbt
„Nehmt Vater
Nehmt Ali"
Mutter treibt
Alle in den Keller
Sinan geht
Sieht die Wand nicht
Keine Straße mehr
In seiner Teetasse
Ein Betonsplitter
Zwanzig Zentimeter
Drei Zentimeter im Durchmesser

Syrien II Deutschland

Auf Füssen kaum zu spüren
Zur türkischen Grenze
Sinan voran
Mutter, Großmutter, Großvater,
sieben überlebende Kinder
Querfeldein
Nachbarn dabei
Die Juden, die Christen, die Schiiten
Zur Grenze
Ein Zaun
Schüsse
Joshua, der jüdische Freund
Stirbt mit einem Loch
Neben der Schläfenlocke
In Sinans Arm
Auf türkischer Seite schon

Syrien III Deutschland

Die Pässe nehmen die Türken
Lager für zweihunderttausend
Siebenhundertfünfzigtausend
Waren schneller
Ein halber Liter Wasser
Pro Syrer
Pro Tag
Ein Schiit erzählt
Von rollenden Köpfen
Schiiten, Christen, Juden, Jesiden
Dayan der Vater
Joshuas Vater
Erzählt von Deutschland
Zehn junge Männer
Sie gehen Vorweg

Syrien IV Deutschland

Tränen der Verzweiflung
Tränen der Trauer
Gedanken in Aleppo
Gedanken in der Türkei
Träume von Deutschland
Träume von Arbeit
Lernen
Lernen
Nochmal Lernen
Der Strand kommt nah
Der Strand nach Europa

Syrien   V   Deutschland

Das Meer ist tief
Das Meer ist schwarz
Manchmal scheint ein Mond
Keiner weiß den Weg
Ankunft in Albanien
Sofort laufen
Laufen zur Grenze
Albanien ist arm
Albanien ist schmutzig
Zur Grenze zur Grenze

Syrien VI Deutschland

Immer Sehnsucht nach Aleppo
Die Zukunft zerstört
Das Leben zerstört
Der Vater der Bruder
Die Menschen zerstört
Doch Sehnsucht
Sehnsucht nach der Familie
Mutter Wärme
Großmutter Trost
Großvater Mut
Geschwister lachen
Vorwärts für die Familie

Syrien   VII   Deutschland

Schweigen in Bosnien
Aus Angst Verleugnet
Sinan Jesus
Die Juden verkleidet
Die Christen verschwiegen
Slowenien verstopft
Ungarn werfen mit Schweineköpfen
Die Grenze geschlossen
Ausharren
Gedanken verzweifeln
Gedanken gequält
Familie zwischen Türken
Türken jagen Freunde
Zurück ins zerstörte Heimatland
Wo Mörder an der Grenze warten

Syrien   VIII   Deutschland

Korridor nicht verlassen
Geradeaus
Salzburg weitab
Passau Deutschland
„Hast Du ein Ziel?"
„Melsungen lebt Mustafa"
Bus
Melsungen ein Lager
Wo sind die Papiere
Passport
Türkei
Gut dahin

Syrien IX Deutschland

Warten
Vier Wochen
Warten
Kalt Dunkel Nass
Mustafa kam einmal
Der Mutter Bruder
Neue Papiere
Neuer Pass
Zu Mustafa?
Nein, erst Deutsch lernen
Dann Arbeit
Dann Wohnung
Dann Familie
In zwei oder drei Jahren
Tränen in der Frühe
Trinken wir nachts
Trinken wir abends
Trinken wir Tag
Tränen der Nacht.

Syrien X Deutschland

Anschlag in Paris
Der IS ist gefolgt
Die Angst
Kriecht durch die Knochen
Die Angst
Hasserfüllte Gesichter
Im Fernsehen
Kommen aus Dresden
„Deutschland den Deutschen-
Raus mit dem Pack"
Hasserfüllte Gesichter
Geballte Fäuste
In Dresden
In Melsungen Hilfe
Zarte Worte vom Arzt
Blaue Augen leuchten
Aus unverschleierter Frau
Der Lehrer lehrt Deutsch
Verstehen ist schwer
Sprechen ist schwer
Lesen langsam lesen
Die Kirche fremd
Die ungeheizte Kirche
Warm von liebenden Menschen
Dresdens brauner Hass
Spricht von ferne
Herz verschlossen

Mutter wärme
Geschwisterlachen
Großvater Mut
Großmutter Trost
Kissen mit Tränen
Doch langsam kehrt
Das Leben zurück

Abschiebung

Er kam an.
Der Zug fuhr
weiter ohne ihn.

Er war Flüchtig,
verurteilt für Gott,
seinem gütigen Gott.

Er beschloss Heimat
und Schutz suchen
in diesem fremden Land

Er fror im Sommer,
doch die Angst wich
bis zum Wort Abschiebung.

Nun kroch die Angst
zurück in seinen Körper,
der Schweiß verließ seine Poren.

Wohin sollte er gehen?
Vater enthauptet?
Mutter geschändet.

Der Feind kroch
in jeden Winkel,
jede Fuge der alten Heimat.

Vor den Augen
der Tod
und abgeschlagene Köpfe.

Feinde spielten
Kopfball
mit ehemaligen Freunden.

Er sei Wirtschaftsflüchtling,
er komme aus Sicherheit
und muss zurück.

Zurück zu abgeschlagenen Köpfen
und Hass auf den gleichen Gott,
den die anderen liebten.

gewidmet allen, die nach Bosnien, Kosovo, Albanien, Eritrea, Äthiopien, Mali, Somalia und Syrien abgeschoben werden. In Gedenken an die, die im Irak, Iran, Afghanistan, Pakistan und Saudi-Arabien von offiziellen und Inoffiziellen Henkern erwartet werden, weil sie Christen sind oder der falschen Richtung des Islams angehören und die bei uns Schutz suchten und denen der Schutz nicht gewährt wurde.

Libuse Rudolph
Flucht

Die Zeiten an der Universität wurden immer unerträglicher. Unser kommunistischer Professor ruinierte psychisch nicht nur die Studenten. Er war despotisch und kündigte der Reihe nach seine wertvollen Kollegen. Meine Diplomarbeit musste ich nach absurden Ideen von ihm schreiben. Danach schrie er: „Was ist das für ein Mist! Wie kommst du auf so eine blöde Idee? Diese Arbeit werde ich in die Mülltonne werfen! „Ich bekam Schlafstörungen und fing sogar an zu rauchen… Irgendwie brachte ich das Studium doch zu Ende. Ob es Glück war oder die Wirkung von dem kommunistischen Freund unserer Bekannten, durch den ich an der Uni überhaupt studieren durfte, werde ich nie erfahren. Sicher war keiner wie ich durfte normalerweise studieren. Entweder musste man sogenanntes Schmiergeld zahlen oder einen mächtigen „Sponsoren" einschalten. Das tat für mich die Freundin meiner Mutter, die sehr diplomatisch handelte. Nach der Promotion war ich erleichtert, denn endlich konnte ich das Studentenheim verlassen. Wegen meiner Kontakte im Westen lagen nämlich schon viele Vorladungen zur Polizei vor. Einmal kam sogar einer von ihnen in mein Zimmer, zeigte mir seinen Ausweis, machte einen schwarzen Koffer auf und fing an meine Akten zu durchlesen. „Sie sind jung und klug, wir könnten sie brauchen. Als Lehrerin werden sie sehr wenig Geld verdienen. Sie sprechen auch viele Sprachen. Überlegen sie sich alles gut und kommen sie mal in mein Büro." Ich schickte diesen Idioten weg, brach zusammen und wollte nicht mehr leben. Dass mir so etwas passiert, konnte ich nicht begreifen. Ich, die Regime Gegnerin sollte etwas mit so einem ekelhaften Menschen verhandeln? Meine verfolgte Familie gab mir wieder Kraft zurück." Gehe nie hin, von dort kommt kein Mensch mehr raus. Bleib einfach daheim Wir werden schon wachen; sagte Papa. Später wurde mir amtlich eine Arbeitsstelle als Hauptschullehrerin zugeteilt und zwar wieder in Prag. Eine nichtfertige Betonsiedlung, wo die Schule stand, war es schmutzig und grau. Die meisten Kinder wirkten verstört, manche von ihnen wurden sogar von Eltern blau geschlagen. Auch ein Roma Mädchen saß in meiner Klasse, es wollte aber nicht kommunizieren. Nur die große Liebe zu Kindern brachte mir Freude und bald auch ein netter Kollege, unser Sportlehrer, machte mein Leben fröhlicher. Eines Tages kam er in unsere Klasse und hatte eine leere Schublade in der Hand. "Frau Kollegin, können sie mir helfen? Ich habe

von lauter Nervosität meinen Finger in den Schlüssel beim Schreibtisch
gesteckt und jetzt muss ich mit der Schublade laufen, weil weder der Finger noch der Schlüssel geben nach..." Meine 32 Schüler brachten in einen Lachanfall. Ich führte den Sportlehrer samt Schublade zum Waschbecken und mit dem kalten Wasser und Seife befreite ich ihn aus seiner Notlage. Seit damals blieben wir fast sieben Jahre zusammen. Mein Gehalt reichte gerade für die Miete und die Angst, dass der Polizist wiederkommt, saß tief im Nacken. Am schlimmsten war der Druck unserer Direktorin. Alles musste auf der Basis vom Kommunismus unterrichtet werden. Einer aus meinem Bekanntenkreis wurde in Berlin verhaftet, als er nach Westberlin flüchten wollte. Ich wohnte in der Nähe vom Flughafen und konnte täglich Radio BBC hören. Die Störtürme durften nämlich nicht so weit greifen. Auf dieser Weise bekam ich die schreckliche Nachricht von der Katastrophe in Tschernobyl. Gleich in der Früh informierte ich meinen Freund und alle Bekannten. In der Schule erklärte ich an die Kinder, wie sie sich bei einer Atomkatastrophe verhalten sollen. Alles wurde nämlich geheim gehalten. Erst drei Tage später spritzte das Feuerwehr die Straßen und Häuser ab. Es regnete leider schon vorher... Die radioaktive Wolke ist auch in Prag gelandet.

Auf Grund meines Verhaltens bekam ich als Strafe kein Gehalt. Für mich und meinen Freund war die Sache klar. " Nichts wie weg aus diesem Land" flüsterte er mir einmal im Kino ins Ohr. Jetzt war ich es mir sicher: „Mit diesem Tomas (so war sein Name) flüchte ich in die Freiheit... Wohin und wie, das war die Frage, denn eine normale Ausreise in ein westliches Land war für Menschen wie uns eine Utopie. Als einzige Möglichkeit schien uns ein Urlaub in Jugoslawien, weiter dann von dort irgendwie übers Meer oder Gebirge flüchten. Wir kauften einen Europaatlas. Tomas war ein begabter Geograf und plante unsere Flucht übers Gebirge nach Österreich. Ich fuhr zu meiner Familie, um sie zu informieren, was ich vorhabe. „Mama, Papa, ich verlasse dieses Land. Ich gehe einfach weg, egal was passiert", sagte ich beim Abendessen. Nie werde ich diesen Augenblick vergessen. Eine Spannung zwischen Liebe, Verständnis und Verzweiflung entstand hier unter der alten Küchenlampe. Meine Eltern, Tante und Onkel wurden dann sehr behilflich. Sie wussten zwar, wie gefährlich meine Flucht wird, aber zugleich bekam ich eine große Unterstützung von ihnen. Mama packte ein paar kanadische Dollar in eine Plastikfolie ein und steckte sie dann in die Sonnencremetube. Viel konnte ich nicht mitnehmen, es

konnte verdächtigt sein. Am Abend weinte ich auf dem Dachboden. Es wurde mir klar, dass es einen Abschied gibt, vielleicht für immer. „Sie wird es schaffen", hörte ich meinen Onkel aus der Küche. Also wischte ich die Tränen weg und verbrachte mit ihnen den letzten Abend. In der Früh war es so weit. Eine Umarmung und auf Wiedersehen brachte ich noch zusammen. Aus Prag startete unser Bus über die Slowakei und Ungarn nach Jugoslawien.
Ich gab meinen Koffer ab. Tomas trug einen Rucksack. „Bist du verrückt?" flüsterte ich. „Möchtest du mit dem Koffer über die Berge klettern?" umarmte er mich lächelnd.
Die rothaarige kommunistische Reiseleiterin nahm uns allen die Reisepässe ab und schaute gerade uns zwei an: „Das mache ich nur für die Sicherheit, sollte einer die Idee haben zu flüchten!" meldete sie ins Busmikrofon. Ich bekam eine schreckliche Angst. „Ruhig bleiben", sagte Tomas. „Die kann unseren Plan nicht durchschauen, dafür ist sie viel zu dumm."
Nach der langen Fahrt in Hitze und Ängste kamen wir endlich an die Adriaküste. Unser kleines Urlaubsparadies wirkte sehr nett. Ein Teil davon war nämlich FKK. Das wurde uns beim Frühstück klar. Ein Tag am Meer gab uns die Kraft. Zwar nicht nackt, aber bereit für die Flucht lagen wir am Strand und dachten nach, wer von unse-

ren Mitreisenden ein Spitzel ist. In der Nacht war unser Rucksack fertig gepackt. Viel war es nicht darinnen. Wir starteten los.

Das Taschengeld gab die Reiseleiterin immer beim Frühstück aus. Also gingen wir ohne Geld und ohne Reisepässe zur Hauptstraße. Per Autostopp kamen wir nach einem Tag in die Nähe von der österreichischen Grenze. Es war der schöne See Bled. Ich verkaufte vorher am Markt meine Armbanduhr, so hatten wir Geld für eine Jause. Wir schliefen auf einer Gartenbank ein. „Ich habe jetzt schon Blasen" sagte ich an Tomas in der Früh. „Ist das noch sehr weit? „Meine Strandschuhe lagen daneben und die Fersen waren blutig." Nicht mehr weit" antwortete er und schaute auf die Berge. Weiter ging es. Eigentlich war mir schon alles egal. Mein Sommerkleid mit blauen Punkten wurde schmutzig, aber nichts konnte uns mehr stoppen. Der Schotterweg in Richtung Österreich war sehr anstrengend. Ein Geländewagen blieb stehen. Die Tür ging auf. „Wo geht's ihr hin? „fragte ein junger Mann auf Slowenisch. „Wandern" antwortete mein Freund auf Englisch. Der Slowene schaute uns an und lächelte." Ihr wollt sicher über die Berge nach Österreich." Er nahm uns mit, bis zum Ende des Weges. Dann sagte er: „Geht nicht hier hoch, dort schießen sie oft."

Beim Austeigen sah ich den Anhänger auf seinem Autoschlüssel. Es stand dort: „Slowenische Grenzwache"
„Wo sollen wir bloß auf den Berg klettern?" fragte ich ängstlich. Tomas gab mir eine resolute Antwort: „Hier und aus, ich glaube nicht, dass sie dort wachen." Der Weg nach oben war eine Qual, aber das Gefühl endlich so nah zu der Freiheit zu sein gab uns doch genug Kraft. Kurz vor Gipfel sahen wir eine Hütte. Die Tür ging auf und es kam ein Grenzsoldat raus. „Zum Boden", flüsterte Tomas. Der Soldat schaute mit seinem Fernglas die Bergkette an, dann ging er wieder in seine Hütte zurück. Schnell stiegen wir hoch. Hier war schon der Grenzstein. Wir sahen vor uns Österreich, aber hübsch tief unten. Eine tiefe Schlucht trennte uns vor dem Ziel. „Sie sollten uns lieber erschießen", ging es mir durch den Kopf. Meine blutigen Fersen schmerzten teuflisch. Wir gingen über die Bergkette weiter, um einen Abstieg zu suchen. Zwar sehr sichtbar mit einem roten Rucksack, aber geschützt durch das kommende Gewitter.
Es blitzte und schüttete, teilweise lagen wir vor lauter Angst vor den Blitzen im Schlamm auf dem Boden. Dann ging es wieder weiter. Die Sandalen von Tomas gaben nach, so kam er um Mitternacht nach Österreich fast barfuß. Beim ersten Haus blieben wir stehen. Das Licht brann-

te dort noch. Wir klopften an die Tür. Ein junger Bauer kam raus. „ Is it Austria?" fragte ich. „Ja „gab er uns die Antwort und machte die Tür wieder zu. Wir gingen in das Dorf. Dort war eine Pension und die war noch beleuchtet. Ein junges Mädchen kam uns entgegen. „ We are refugees from Czechoslovakia, sagten wir fast zugleich. Gleich bekamen wir ein Zimmer und ich ganz viele Pflaster für meine Füße. Ich weichte noch mein Strandkleid ein, wusch die schrecklichen Wunden und bin sofort eingeschlafen.

Die Sonne weckte uns auf. Ich konnte meine Beine kaum bewegen. Irgendwie kamen wir zu uns. Mein Sommerkleid trocknete bald und Tomas klebte seine Sandalen mit dem restlichen Pflaster. Dann drückten wir die Sonnencremetube aus, um das Geld zu holen. Nie im Leben waren meine Hände so fettig. Wir zahlten unsere Unterkunft und gingen in die Ortschaft. Es gab hier ein kleines Geschäft, wir dachten, dass es alles nur ein Traum ist. Dort war einfach alles und es duftete soo gut! Dann gingen wir zur Polizei, um uns als Flüchtlinge zu melden. Die Polizisten sagten: „Nach Wien". Das Geld wurde für die Bahnkarten aufgebraucht. In der Nacht kamen wir endlich in das Flüchtlingslager in Traiskirchen. Es war August 1986, die überfüllten

Räume, sogar der Gang und WC sahen schrecklich aus. Wir hatten Glück, denn unsere Stockbetten standen in einem Zimmer mit nur 10 Menschen. Nach einer Woche auf der Isolation, Verhöre und Untersuchungen gab es für uns eine Pension in Oberösterreich. Bis zu heutigen Tag kann ich fest überzeugt sagen: „Das war mein neuer Geburtstag." Jedes Jahr denke ich an das gepunktete Kleid und die Plastikschuhe, die gibt es nicht mehr. Mein Dank gehört Tomas. Ohne ihn konnte ich es nicht schaffen.

Die letzten Worte des Mittelmeers zu einem sterbenden Kind

Komm ich trage Dich
Der Tränen Salz
fließt weiter in mir Ewiglich.
Du weintest vergebens,
der Herr Tod nahm Dich heraus aus mir
und fuhr mit Dir
über den Jordan.
Ich schützte Dich mit kaltem Wasser,
er suchte nach Dir,
von dem Ort aus,
wo Du fort gelaufen mit deinen Eltern
vor ihm,
fand Dich doch.
Voller Vertrauen saßt Ihr
in einem winzigen Boot.
Es zerschellte auf mir.
Du kamst in mich.
Gabst mir die sommerliche Wärme.
Ich wollte Dich tragen,
doch der Herr, der immer der letzte ist,
riss Dich aus mir heraus.
Es war keine Geburt

Ein Flug nach Teheran (1984 für Layla)

Tote Leiber im Flugzeug
Gemordet als Stellvertreter
Kinder und Frauentränen
Die Geiseln, die noch leben dürfen
Sind fast wahnsinnig
Wahnsinnig von der Folter
Mit dem Namen Angst
Und Unschuldig gerichtet
Fremd
Als Stellvertreter für die Schuldigen
Die da in Sicherheit
An dem Schlachten von Geiseln
Sich Mitschuldig machen.

Layla überlebte diesen Anschlag 1984. Ein Jahr später starb sie bei einem Anschlag israelischer orthodoxer Extremisten auf Ihr Dorf in Palästina. Sie war Ärztin, Chirurgin und hatte in Kiel Medizin studiert. Obwohl sie noch keine 30 war, trug sie den Ehrennamen Mutter in Palästina. Auch hier war sie unschuldige Tote, wie alle bei diesem Überfall. Ihr Bruder sandte die Nachricht von Laylas Tod und wie sie starb an ihre Freunde in Deutschland. Kurz darauf erhielt ich die Nachricht, dass er sich in Haifa in einem von orthodoxen Juden viel besuchtem Café in die Luftsprengt hat.

Aphorismen – Gedanken, die über Hürden denken

Vereinsgründung

Kein Streit vereint
aber jede Vereinigung streitet

Dummheit schränkt die Freiheit des Denkens ein

Jeder Augenblick verändert radikal das Leben auf der Erde.
Die Wenigsten wissen davon.

Kinder, brutale Verteidiger eigener Interessen.

Billig ist nicht günstig, sondern teuer,
wenn besagte Qualität versagt.

Vatertag – mehr oder weniger organisiertes Massenbesäufnis.

Vergleiche Dich im Stillen,
niemals jedoch laut,
mit denen, die der Welt
etwas gegeben haben.
Und strebe im Stillen,
es Ihnen gleich zu tun.
Wenn Du es im Lauten machst,
ist Dein Scheitern vorgezeichnet.

Die Zeit ist nicht beherrschbar,
aber die Zeit beherrscht uns.

Wenn die Kleinigkeit nicht wäre, wären die Probleme geringer.

Leise Töne richtig geflüstert
sind schreiend laut,
schmerzen den Empfänger.

Das Sein ist Stärke.

Liebe ist Erfüllung.

Herbstblatt ist voller Lyrik.
Lyrik jedoch passt in das Frühjahr.

Verlebe den Tag, es könnte der letzte sein.

Eine Chance ist zum Ergreifen da.
Wer sich die sich ihm bietende Chance
nicht ergreift, vergibt das Recht,
nicht zufrieden zu sein. Wer aber
eine Chance ergreift und dann
dennoch nicht zufrieden wird, kann
sich zumindest nicht den Vorwurf
einer verpassten Chance machen.

Allgemeingültig ist nur das, was für jedermann gleich ist.

Arm sein, heißt nicht frei sein. Reichtum jedoch macht nicht freier, sondern abhängiger vom Geld.

Betrachte Gewissen – was bleibt?

Schleyer Tod und Terror

Jede politische Auseinandersetzung
ist nur in ihrer Zeit möglich,
denn in anderen Zeiten
treffen andere Personen und
Umstände aufeinander.

Unsere Kinder werden uns verfluchen,
wenn sie merken,
was ihnen unser Wohlstand antut.

Für B. B. zum Hundertsten
Gefeiert wirst`De
Von denen
Die Dich hassten
Und noch mehr hassen würden,
würd`ste heute Wort ergreifen.

Was gestern Fortschritt, heute Behaglichkeit ist,
kann morgen der Menschheit Selbstmord sein.

Diejenigen, die es zu belauschen lohnte,
sind intelligent genug,
sich nicht belauschen zu lassen.
Andersherum werden diejenigen,
die heute noch Informationen geben,
aber unerkannt bleiben müssen,
zukünftig ihre Informationen behalten.

Birgt das Ende des Jahrtausends eine Chance
Für einen Neubeginn, oder bleibt auch zukünftig
Alles beim Alten. Er

Auch der Sprung ins Wasser
Ist ein Schritt
Aus ungeliebten Leben
20. März 1985

Hans Max Werner
Aphorismen

Fortschritt

Autoradiografische
Untersuchungen
über die
Migration
lymphatischer Milzzellen

Kein Wunder,
wenn
zu wenig Zeit
bleibt

für
die Migration
sympathischer
Einwandererfamilien

Kriegsmütter

Es herrscht Krieg
doch wieder und wieder
bringen sie Kinder zur Welt

als ob sie nicht wüssten
wie mühelos ein Kinderschädel
von Gewehrkolben
zerquetscht werden kann

Sie zeugen Kinder mitten im Massaker

Lust am Zeugen?

NEIN

Lust am Leben!

Die Politiker reden

ein bisschen
lauter
breiter
größer
länger
ausladender
gewaltiger

wenig Neues

Es ist wie die Freude
an den ersten
Frühlingstagen

töricht
wer deshalb
eine
neue Art
von Sommer
erwartet

Zukunftsprognosen

sind
nichts als
Visionen

Ein paar
dutzend
Stühle

für
sieben Milliarden
Menschen

mit der
prognostizierten
Aussicht

jeder
könnte
auf einem sitzen

Afrika

Unsere
Politiker appellieren
- gebt Leute, gebt -

für neue Schulen
in Afrika

für sauberes Trinkwasser
in Afrika

für genfreies Saatgut
in Afrika

für hungernde Kinder
in Afrika

Wer sich so sehr um Afrika
kümmert
müsste längst
in
Europa
Ordnung geschaffen
haben
Asyl Deutschland

Shamid Achmed Hoshi
trete ein mit deinen Leuten
in unser Land

in den Dom der Begierde,
so lang ihr noch lebt
in unwürdigem Zwang
in eurem Land

Shamid Achmed Hoshi
tretet ein, ihr alle
in unser Land

in diesen Dom Schlaraffia,
so lang ihr
Deutschland
nicht gekannt

Weißgeborene

Unsere
weiße Haut
verfärbt sich schnell

wird rot
in der Sonne
und vor Verlegenheit

wird blau
in der Kälte
und grün vor Neid

doch
niemand nennt uns
Farbig
Auswanderung

Euphorie
was ist schon
Heimat
die Sehnsucht siegt
wenn
das alte Fernweh ruft
komm!

Also
springen
die Menschen
ins
kalte Wasser
die Hände erfrieren
fast

Erwartungsvoll
an das
neue Ufer
steigend
schauen sie dann
in erfrorene
Gesichter
Flüchtlinge

Sie kannten
das kolorierte Glück
nur von fern
der Himmel
hatte für sie
keinen günstigeren Stern

Mond

Ich habe zwei Literaturpreise bekommen, den ersten mit acht Jahren für das Gedicht Mond, den anderen für vier Gedichte zum Thema Mondfinsternis. Hier sind die Fünf Gedichte. Dazwischen liegen genau 22 Jahre.

Mondfinsternis

Nicht der Mond ist hell
Er ist Finster und kalt
Die Sonne ist sein Licht

Mond

Ein Mond steht am Himmel
Doch Du siehst ihn nicht
Schwarz ist er
Genau wie die Nacht.

Ein Mond steht am Himmel
Schwarz hebt er sich ab
Vom blauen Himmel
Wie kann die Sichel sein?

Ein Mond steht am Himmel
Die Menschen fürchten ihn
So schwarz er vor der Sonne
Steht und nicht scheint

Mondfinsternis

Ein Menschenvoller Saal
Eine Leinwand
Ein Film über
eine Mondfinsternis
Ein Live Film
Eine Übertragung
Von draußen vor der Tür
Ein Menschenvoller Saal
Eine Mondfinsternis
Von draußen vor der Tür

Mondfinsternis

Wer keine Gelegenheit hatte
Die Mondfinsternis
In der Natur zu erleben
Hatte im Fernsehen
Gelegenheit zu diesem
Erlebnis

Mondfinsternis

Mondfinsternis, als Gedichtthema
Bereitet meinem Hirn
Gähnende Leere
Ich muss mich vollzwingen
Den Abgrund der Leere
Überspringen
Hinsetzen und
Die Feile des Schreibens
An Worte und Gedanken setzen
Gehörtes verdauen
Ich nehme die Feder
Und bin auf die Mondfinsternis
Gespannt
Die aus mir herausfließt
Was sagt die Zeitung dazu?
Die Spannung
Was gibt
Euch
Die Mondfinsternis steigt
Und mein Gehirn arbeitet.

Beschreibung der Bibliothek des Schreibens

Rechteckig mit der betulichen Sachlichkeit der fünfziger
Bücher blicken stumm und klagen aus Gefängnissen
Ein Plastikeimer für verworfene Texte
Jedes Fenster hat sein Bäumchen – heimelig
Kreative Blitze schwirren still durch Hirne.

Dalnji Vostok – Ferner Osten

Bus

Der Bus sieht abenteuerlich aus. An einer Stelle kann der Wind und auch der Regen ungehindert die Passagiere aufsuchen. Tennisball groß ist das Loch. Der Bus kriecht den ersten Hügel hinauf. Oben hält er, einige Fahrgäste gehen, andere den nächsten hinauf. Auch dort hält der Bus und wieder gehen und kommen Passagiere. Auf dem nächsten Hügel steige ich aus, gebe der Schaffnerin sechs Rubel, sie reist mir eine Karte ab. Dosvedanje. Beim   ich einen Mann mit zwei Hühnerkäfigen, in denen jeweils ein Hahn sitzt, einsteigen. Auf der Rückfahrt wird die Schaffnerin, eine Frau anschreien, weil diese nur einen zehn Rubelschein hat. Zehn Rubel sind neunundzwanzig Cent. Die Fahrt kostet sechs Rubel.

Taiga

Die Taiga geht bald ihrem Ende entgegen. Hier im Osten, weit schon vom Ural, fast schon am Pazifik ist die große Stadt Chabarovsk. Die Stadt ist im Aufbau. Sie soll modern werden und ihre Stellung als Wirtschaftszentrum des Fernen Ostens ausbauen. Sie ist auf gutem Weg. Während in vergleichbaren Städten die zentrale Stadtheizung bei Minus dreißig Grad ausfällt, geschieht es hier nicht. Die Autos kommen aus Japan, Korea, Russland und Amerika, seit neuesten auch aus Deutschland. Verlässt man die Stadt nur um wenige Kilometer, befindet man sich in der schönsten Landschaft. Nach acht Kilometer ein Dorf am Rand der Taiga. Dort sind auf den Höfen die Eimer die Toiletten. Wege bei Regen voller Schlamm, bei Schnee und Eisglatt, steil zum Teil, im Sommer hart, kaum für Autos geeignet. Strom und Gas haben ein Teil der Häuser, ein Telefon nur der Bahnhof, Wasser gibt es aus einigen Brunnen, von denen es in großen Gläsern, Flaschen oder Kanistern geholt wird. Für diejenigen, die außerhalb leben und keinen eigenen Brunnen haben eine mühselige tägliche Arbeit. Häuser ohne Gas werden mit Holz bekocht. Es dauert länger.
Viele Häuser sind verlassen. Sie verfallen vor sich hin.

Die Menschen sind in die Stadt übergesiedelt. Häuser ohne Strom haben keinen Fernseher. Dort leben die alten Erzählungen. Das Leben ist hart, unwahrscheinlich hart. Im Einundzwanzigsten Jahrhundert Wassertragen, Holzhacken, Holz aus dem Wald holen, Waldfrüchte sammeln und alle die anfallenden Arbeiten erledigen. Es ernährt die Menschen kaum. Aber die Natur entschädigt die Menschen mit ihrer unvergleichlichen Schönheit.

Tag

Um sieben Uhr tönt laut und brutal der Wecker, sofort steht sie auf. In der Küche macht sie den Herd an, kocht Wasser für Tee. Sofort ist sie in der Toilette, Sekunden später im Bad. Anziehen und den Tisch mit den wenigen Dingen des Frühstücks eindecken, dauert Sekunden. Schnell wird gegessen im Fernen Osten, schnell getrunken der Tee. Schon stellt sie das Frühstück zusammen
in den Abwasch und den Kühlschrank. Schon ist sie in Weste, Pelzmantel, Handschuhen und Mütze verschwunden. Die Tasche wird genommen, schon geht es los. Fast vierzig Minuten durch den dichten Verkehr mit Bussen zur Schule. Die Schule verlässt sie wieder um 14 Uhr 15 und fährt zur nächsten Schule. Dort sind die Erwachsenen zu unterrichten. Nochmal drei Stunden. Es ist achtzehn Uhr und sie geht zur dritten Arbeit, nochmal Unterricht. Es ist bereits nach zweiundzwanzig Uhr, als sie nach Hause kommt. Das Essen wird gekocht und genauso schnell wie das Frühstück mit einem Wasser, statt Tee gegessen. Dann läuft sie mit schnellen Schritten ins Bad. Hier wartet der Berg Wäsche auf sie. Das Waschbrett, Kernseife und laufendes heißes Wasser, ruppeln der Wäsche, gebeugt stehen, Rückenschmerzen, Kopfschmerzen, mittendrin

klingelt das Telefon, der erwartete Anruf aus Europa, zehn Minuten Pause, nur zehn Minuten, die vertraute Stimme aus der anderen Welt, in der die Waschmaschine Standard ist, dann weiter waschen,
einweichen für morgen, Abwasch für drei Personen,
Mutter und Tochter leben auch in der kleinen Dreizimmerwohnung. Dreiundzwanzig Uhr dreißig fertig ist die Wäsche für heute, der Tag ist noch nicht vorbei. Auf dem Schreibtisch ein Briefumschlag mit vier Karten, zwei aus dem fernen London, zwei aus Paris der Inhalt. Kurz überfliegen, Unterricht vorbereiten und Arbeiten korrigieren. Null Uhr dreißig endlich ins Bett, schnellwaschen, putzen, umziehen, zurück ins Wohnzimmer, Bett aufbauen, Wecker stellen, zwanzig Minuten später schläft sie, zehn Minuten später klingelt der Freund der Tochter. Er übernachtet hier. Es ist schwer wieder einzuschlafen. Fünfundvierzig Minuten später schläft sie und fünf Minutenspäter erwacht sie vom Telefon. Unwichtig ist der Anruf. Jetzt braucht sie zwei Stunden um einzuschlafen. Wann sie zu sich selbst kommt, hat sie aufgegeben sich zu fragen.

Pilze

Der Mann an der Bushaltestelle hat einen Plastikeimer vor sich. Große Waldpilze, zwei ernähren eine Familie, bietet er feil. Er lächelt: Hundert Rubel der Eimer. Njet, nicht handeln. Das Gold seiner Zähne spricht eine eindeutige Sprache. Weiter, weiter in die Taiga hinein, steht eine Schüssel mit ebensolchen Pilzen vor einem Haus, ein Zeichen nach dem Preis zu fragen. Eine junge Frau erscheint, nachdem wir anhalten, lächelt offen uns an, sagt: Heute essen, vierzig Rubel. Sie erhält das Geld und wir fünf Personen ein leckeres Abendmahl mit etwas Ei und den unvermeidlichen Kartoffeln, Kartoshka, sowie das ebenso unumgängliche Brot, Chleb.

Bär

Gevatter Bär, schon in die Jahre gekommen, doch behände, erklimmt die Fichte. Himalaya Bär, fern der indischen Heimat, teilt sich hier im fernen Osten mit dem seltenen Amur-Tiger das Taiga Revier. Sie respektieren sich, gehen sich aus dem Weg. Oben, dort wo die Nadeln sind, pflückt Gevatter Bär Zapfen und verspeist diese an Ort und Stelle. Auf dem nächsten Baum leben wilde Bienen, groß und kräftig. Der Honig reizt Gevatter Bär gewaltig, doch seine Angst vor den Stichen der Bienen ist mehr als berechtigt. Er lässt den Baum aus.

Peter Reuter
Der erste Honig...

Mein Freund Willie, er schreibt sich tatsächlich so, schrieb in seinem Buch „Dalnij Vostok – Ferner Osten" über eine Landschaft, die mir auf eine eigentümliche Weise bekannt ist, mich anzieht. Warum auch immer, sie strahlt eine unerklärliche Vertrautheit aus. Willie schrieb über die Taiga – und auch über einen Bären. Durch die Seite 24 betrete ich sie, der Bär von Seite 8 ist bereits dort. Das Licht und die Schwere der Luft, auch das Grün der Gräser und der noch nicht verdunstete Tau, die Birkenschonung und der Fluss, sie sind mir mehr als wohlbekannt. Ich mache mich also auf den Weg, vom Fluss entlang in die Richtung des kleinen Wäldchens. Meist gelingt es tatsächlich, den Blumen auszuweichen, Bienen und Schmetterlinge nicht zu stören. Es überrascht mich nicht, mein Vater ist neben mir. Wir freuen uns schweigend – und ich bin dankbar.

Damals, vor vielen Jahren im Schwarzwald, wir heizten natürlich mit Holz. Und so ging der Vater jedes Jahr in den Wald in den ihm zugewiesenen Einschlag, um der Familie die Winterwärme zu erarbeiten. Als ich etwas größer war, da nahm er mich mit. Ich erinnere den Moment, als ich im

Wald dort unterwegs war und keine Axtschläge mehr hörte. Das Unwohlsein wurde zunächst durch eine noch kleine Angst abgelöst, welche bald ihren größeren Geschwistern Platz machte. Ich rief nach ihm mit einer wohl recht unsicheren Stimme – und er antwortete. Weil er nun um meine Angst wusste, deswegen hörte ich nun spätestens nach einer Minute seine ruhige und tiefe Stimme, welche mir anzeigte, dass ich nicht alleine war. Und ich wurde mir seiner Liebe und seinem zärtlichen Schutz gewiss.

Heute bin ich wieder sicher. Er, der Vater, er geht neben mir. Der Bär zeigt sich auf einem kleinen Hügel, direkt neben einem Quartier von wilden Bienen. Er hat richtig vermutet, der erste Honig wartet dort auf ihn. Noch ist er unschlüssig, zu viele Bienen sind um ihn herum. Da bemerkt er uns, senkt den Kopf in unsere Richtung - senkt und hebt ihn. Vielleicht will er deutlich machen, dies ist sein Revier und wir mögen bitte einen anderen Weg einschlagen. Oder er ist sich sicher, es sind der Bienen zu viele, um sich den Honig anzueignen. Wenn er jetzt den Hügel verlassen wird, um sich auf den Weg zum Fluss zu machen, dort gibt es Lachse und Forellen, zwangsläufig wird er dann unseren Weg kreuzen müssen. Ich verharre. Papa legt den Arm über meine Schulter, wir gehen weiter. Schließlich kennt er, der Vater, kennt er sich aus im Wald. Der Bär hat mittlerweile eine gehörige Anzahl von Problemen, nämlich genau so viele, wie Bienen hinter ihm her sind. In großen Sprüngen flieht er in das Unterholz. Die Bienen folgen ihm. Heute wird er wohl einiges zu lernen haben. Hörbar atme ich auf und schaue mich um. Mein Vater ist nicht da. Diese nur am Anfang leise Angst, auch das Vermissen seiner Stimme, alles macht sich wieder mehr als deutlich bemerkbar. Nun, scheinbar bin ich ein Tor, ein Narr. All überall ist er in mir und neben mir, ich weiß es doch. Und so gehe ich ruhig weiter – und die Richtung stimmt. Seine Stimme werde ich immer hören, ihn fühlen. Er ist da....

Herbstblatt

Das Herbstblatt, ein Gedichtband, entstand als Gemeinschaftsarbeit von Matthias Stöhr, Johan Willms und mir. Matthias Stöhr und ich lieferten die Gedichte und Johan Willms die Grafiken. Johan kam aus Belgien, wo er wieder lebt. Es war eine intensive Zeit, wir waren um die 20 Jahre alt. Matthias und ich fuhren längere Zeit durch Deutschland und lasen aus dem Buch. Ich habe die Gedichte noch einmal überarbeitet. Leider habe ich zu beiden seit Mitte der achtziger Jahre keinen Kontakt mehr.

Nicht die folgenden Gedichte waren in dem Buch, Sie stammen aber alle aus der Zeit oder der Zeit unmittelbar danach.

Die Wende
1984

Seit die Sozialliberale Koalition zerbrach,
haben wir keine Regierung mehr in Bonn,
sondern ein immerwährendes Kabarett.

Berliner Bahndamm

Ein Vorstadtidyll am Bahndamm.
alle zehn bis zwanzig Minuten
fällt Schlacke auf den Kaffeetisch.

Kohl und die Parteispenden

Der Kanzler wird begraben
unter braunen Blättern gefunden
auf allen sind Zahlen gedruckt
und werden von Banken akzeptiert

Es regnen braune Blätter auf den Kanzler.
November Herbstzeit,
die Blätter sehen aus wie Geldscheine.
Sie bedecken den Kanzler

April/Mai 1985

Frau Sommer löst das größte Problem unserer Zeit
Der Kaffee gewinnt wieder Aroma
Alles andere verliert Wesentlichkeit
Nur Aroma und bewahrter Glanz
Und die Erinnerung muss gelöscht werden

Die Erinnerung an Bilder und Gedichte
Von Kindern in Theresienstadt
Lästig beiseitegeschoben
Genau wie damals weiter nach Auschwitz
Unwichtig, dass nur hundert von hundetfünfzigtausend überlebten

Typhus, Hunger, Kälte, Trauer, Angst
Abgelöst von
Sauberkeit, Delikatesse, UV-Sonne, Freude, Träumen aus Seifenblasen

Mir bleibt eine Frage
Wo bleiben die Erinnerungen an unser Morden?
Es waren wir alle, die dies zuließen.

Erste Greisendemonstration 1984

Ein alter Mann
Mit einem Transparent
Und einem Hammer
Steht auf einem Rathausplatz

Er schlägt den Hammer auf einen Gummiwecker
Die Menschen sehen schweigend zu
Auf dem Transparent steht vorne
    Ich bin Rentner
Und hinten
    Ich muss die Zeit totschlagen

    Zweite Arbeitslosendemonstration

Ein Mann mittleren Alters
mit einem Transparent
und leeren Schnapsflaschen in Tüten
steht auf einem Rathausplatz

Er baut leer Schnapsflaschen
Um einen Computer auf
Auf dem Transparent steht vorne
Ich suche Arbeit
Und hinten
Ich habe kein Hobby
28. 11. 1984

Zeit der versteckten Rosen

Es begann die Zeit der versteckten Rosen
Dazu tanzten grün berockte Herren
Zuvor trugen sie eine Familie
Aus einer Kirche in ein Flugzeug
Fort aus Deutschland

Kam einen Tag später der Mann und Vater
Fand seine Familie nicht mehr
Zuckte verzweifelt die Schulter
Und weinte bitterlich

Um seine Familie zu finden
Muss er um die Erde ziehen
Es begann die Zeit der versteckten Rosen
Für einen Mann mit Namen A. Viola

Christel Bröer
Der Störfall oder der Tag, an dem die Erde beginnt sich zu sträuben

Es brodelt. Draußen ist die Hölle los. Und was wird nun passieren? Seit drei Tagen denke ich über den Sinn des Lebens nach. Es fällt mir schwer, denn ich kann nicht viel gegen Übermächtiges tun und gerade verändert sich mein Leben. Mit dem geschehenen Störfall stellt sich die Welt in Frage, und ich habe den Eindruck, alles steht Kopf. Das ist zwar ein Spruch, gern nehme ich diese Form der Sprache nicht in Anspruch, aber das Zitat ist so passend und beschreibt mir die entstehende Unsicherheit. Denn die Umwelt ist in Gefahr! In diesem Augenblick kann ich nichts anfangen und suche danach, was mir hilft beim Einordnen.
Eigentlich habe ich eine kleine nette Wohnung. In meinem Wohnzimmer ist alles vorhanden. Mein gelbes Sofa, mein Tisch und zwei rote Sessel, eine kleine Sitzecke für Besuche eben. Lange wohne ich noch nicht hier in diesem Gebäude, und ich bin damit nicht allein. Die jungen Studenten und Studentinnen wohnen schräg gegenüber, sodass ich noch einen freien Blick habe in die Landschaft. Die jungen Leute bringen eine gewisse Lebhaftigkeit in meinen Alltag. Morgens

gehen viele meistens regelmäßig aus dem Haus; manche kommen dann nach wenigen Stunden mit Einkaufstüten oder mit ihrer Mappe unterm Arm zurück. Sie feiern manchmal, und ich sehe die bunten Lichter in den Fenstern oder draußen beim Grillen.

Zwei junge Studentinnen helfen hier im Haus. Sicher verdienen sie sich etwas dazu. So ein Studium kostet Geld, nicht jede Familie hat einfach so reichlich zur Verfügung. Ja, so ist's geblieben, das Bildungsprogramm und andere soziale Dinge. Immer ist kein Geld da für normale Leute. - Nett sind sie alle, nicht nur die Politiker, die ich meine, sondern die Mädchen hier. Manchmal denke ich, die jungen Leute haben es gut und alles im Leben vor sich. Sie können in die weite Welt gehen, ganz frei. Obwohl, diese in unserem Komplex sind junge Frauen, die auch sehr ehrgeizig vorankommen wollen, aber immer freundlich. Das merke ich, besonders, wenn das Essen gebracht wird. Das kommt hin und wieder vor, und ich genieße diese kleine Aufmerksamkeit. Meine Mahlzeiten nehme ich meistens in Gesellschaft ein, seltener allein. Eine Schwester kommt zu mir, auch eine Serviererin.

Ich werde bei dem nächsten Essen fragen, ob sie eine Pflegerin oder eine Studentin ist, die das Essen servieren kann. Darüber freue ich mich, weil ich doch zuweilen in meiner Wohnung bleiben möchte. In dieser Zeit will ich allein sein. Mein Peter hatte nicht so viel Glück wie ich. Sein plötzlicher Tod hat mich erschüttert. Alles ging sehr schnell, es ist noch nicht lange her. Und nun bin ich hier, hier in diesem modernen Heim, ein Seniorenheim mit einem Studentenwohnheim. Das soll besser sein und in der Gemeinsamkeit des Wohnens helfen, sagte man, als ich einziehen wollte. Das mag stimmen. In meinen Vierwänden kann ich mich den Fotos widmen und meinem Buch, denn ich lese täglich, das hält wach im Geist.

Aber heute schweifen meine Gedanken immer wieder ab. Denn eine Nachricht von einem Störfall beunruhigt mich. - Ein Störfall in einem Reaktor, wie schrecklich. An einer solchen Stelle, in einem Atomreaktor, unglaublich. Besonders für die Menschen dort, und das Problem weitet sich aus. Ein Störfall dieser Art ist ein Unglück für alle Kreaturen, Flora und Fauna. Dabei kommt alles Schwerwiegende zusammen. Ich weiß nicht genau, wie viele Menschen direkt betroffen sind. Es ist sicher das schlimmste Ereignis bei je vorkommenden Katastrophen.

Ich sehe deutlich die Menschen auf den Wegen und in das Haus ein- und ausgehen. Wenn ich aus dem Fenster schaue, habe ich ein wenig Abwechslung. Wir haben wirklich eine schöne

Anlage, vornehm im Stil, hübsch gelegen in einem Fleckchen Grün nahe dem Tal und hinter dem Fluss sind kleine Schrebergärten, direkt neben der neuen Wohnanlage für Jung und Alt, ein neues Projekt der Stadt. An den Grundstücken neben dem Park liegen Villen und Häuser entlang des Ufers. Was hier entstanden ist in einer guten Lage, ist ein Fortschritt und soll das Zusammenleben fördern. Von meinem Fenster aus kann ich auch das Wasser strömen sehen, ewig und unaufhaltsam fließen kleine Wellen den Fluss herunter.

Trotzdem – ich mache mir Gedanken über jene Unkenntnis oder Wagemut, und was hier die Frage sei? Schon in meinen jungen Jahren wusste die Forschung um die Gefährlichkeit von Atomkraft und wollten überaus sicher gebaut haben und für eine reine Energie. Wir haben protestiert, als wir jünger waren. Uns hat man scheinbar doch, wie so oft, in Sicherheit gewiegt. Und jetzt? Viele Unschuldige werden leiden, wohl alle dort, am meisten natürlich Alte, Frauen und Kinder. - Was die jungen Studenten heute wohl dazu sagen. Noch immer wird durchgegeben, wiederholt berichtet, und gesagt, ganze Familien werden evakuiert, und sie werden ihr Zuhause für immer verlieren, vielleicht ihr Leben. Nun soll ein Absperrgebiet eingerichtet werden, und womöglich steht den

Anwohnern eine schleichende tödliche Krankheit bevor? – Wie gespenstisch werden leerstehende Häuser in einer Stadt, einem Dorf mit weiträumig abgesperrtem und nicht mehr zugänglichen Umfeld sein? Noch weiß man nichts Genaues und wie man der Sache Herr wird! Fachleute reden darüber. Ein Drama, der Reaktor brennt und soll eingegossen werden, heißt es nun. Im Land, in den nahen Städten und den Orten besteht eine Verseuchung von Strahlungen. Das sieht man nicht gleich, oder überhaupt nicht. Die Radioaktivität? Wie ich mir das vorstellen soll, und die Bedeutung eines so großen Unglücks ist gar nicht auszudenken, und bis hierher? Von Physik und Chemie verstehe ich nicht allzu viel, das wurde nicht in meinem Beruf als Erzieherin unbedingt gebraucht. Peter hätte das sicher genau gewusst. Er konnte mir als Ingenieur ausführlich Dinge erklären, und ich konnte mit ihm über alles reden. Wir haben gute und lange Gespräche geführt. Nicht einmal dumm, befangen und unwissend kam ich mir vor. Das machte mich glücklich; Vertrauen macht viel aus in einer Beziehung.

Der Störfall lässt mir keine Ruhe. Unvorstellbar, was dort passiert, vielleicht viel mehr Raum greift. Es regnet Stoffe, Cäsium und solcherart und wie weit wird das gehen? Haben wir damit nicht die Zukunft für die Menschen verloren, für die Kinder, die Nachfahren? Mir wird unwohl. Ein solcher Fall - nie erwartet – ist ein unfassbares Unglück mit ungewissem Ausgang also? Ein derartiger Ausfall von Sicherheit trifft immer Unschuldige. Ich bin ein wenig ängstlich geworden, aber in meinem Alter ist Vorsicht ein gutes Rezept.

An dem kleinen Flüsschen und dem Park hier, das vom Quell aus in seiner vorgegebenen Bahn fließt, merke ich nichts. Gerade kommt ein Paddler vorbei und rudert mit kräftigen Schlägen. Ich kann ihn gut sehen. Er winkt jetzt sogar. Meint er mich? Nein, ein junger Mann drüben winkt zurück. Wahrscheinlich wohnt er hier bei uns, auch der Ruderer. Vielleicht studieren sie Sport. Wie friedlich, denke ich. Ach, wir sind auch gepaddelt, mein Mann und ich, bis an die Ostsee, und gelacht haben wir, wenn wir angekommen waren. Ich sehe die weißen Segelschiffchen vor mir und die großen Schiffe, die im Hafen an der Förde anlegen. Immer ist ein emsiges Treiben dort gewesen, besonders in den Sommermonaten, wenn Touristen zu sehen sind und segeln, Spazierengehen oder am Strand liegen. Gern bin ich mit meinem Peter auch mit dem Auto dorthin gefahren, um am Wasser entlang zu laufen. An der Uferpromenade tummeln sich viele Menschen. Wir liebten die Meeresluft und die kreischenden Möwen, das blaue Wasser und den blauen Horizont, auch unsere beiden Kinder. Immer staunten wir über die größer werdenden Schiffe, beobachteten anschlagende Wellen und Gischt, wenn sie aufschäumte hinter dem Heck. Die kleinen Dampfer waren für uns gemütlich und romantisch, wenn wir uns an der Reling festhielten und ansahen. Ich hatte keine Angst über das Wasser zu fahren an den Strand, auch später nicht, als wir ohne Kinder fuhren. Und vom Dampfer aus sahen wir herunter, wenn sich die Sonne im Wasser spiegelte. Peter legte seinen Arm um meine Schulter und zwinkerte manchmal jungenhaft.

Meine Atmung wird ruhiger. Es sind schöne Erinnerungen, wenn der weite Horizont den Blick auf den Himmel richtet und in die Ferne, andere Länder vermuten lässt, irgendwo. Manches Mal habe ich gedacht, wohin die 'großen Riesen' wohl diesmal fahren werden, in den Norden oder Osten, vielleicht in die weite Welt durch den Nord-Ostsee-Kanal. - Eine Kreuzfahrt hatten wir uns nicht geleistet. Das kleine Vergnügen, eher unbedeutend mochten wir, waren glücklich mit einem Dampfer nach gegenüber an den Strand zu fahren oder in den Kanal hinein durch die Schleusen. Fernweh hatte ich nicht, auch Peter war zufrieden und frohen Mutes kamen

wir wieder nach Hause - als ich noch gehen konnte jedenfalls. Für mich haben sich die Zeiten geändert. Ich bin heute allein. Was soll ich ohne ihn machen, ohne meinen Peter, dachte ich lange, und jetzt bin ich hier und denke über ein Unglück nach.
Ein Störfall, sagten sie zuerst im Radio, und ich habe den Fernseher eingeschaltet.
In einem Atomkraftwerk gab es ein Unfall an einem Ort namens Tschernobyl!
Erschreckt bin ich gewesen, und so böse Ahnungen habe ich lange nicht erlebt.
Wir können ausströmende Strahlungen unbekannten Ausmaßes haben - es heißt Strahlen zielen überall hin. Auch hierher kann Radioaktivität kommen?
Was werden wir machen? Bis in den Norden kommt chemisches Gift oder Strahlung zu uns, Schadstoffe, wer weiß wie? Wie unglaublich! Die Windströme und Regen bringen das mit sich. Vielleicht ist es naiv, wenn ich hoffe, dass es keine Stürme oder gerade schlechtes Wetter aufzieht. Ich weiß nicht, wie viele Tage vergangen sind, drei vielleicht, und ich grübele darüber.

Verbrennt nun die Erde langsam? Oder tilgen Regenfluten die Strahlung vielleicht wieder weg - oder zieht das schleichende Gift in den Boden?

Vorhin als die Schwester kam, erzählt sie mir, man soll keine Pilze aus dem Wald essen. Sonst nichts, dachte ich. - Also, ist doch etwas heruntergekommen! Das kann ich dann nicht glauben, so harmlos, keine Waldpilze essen? Aber was geschieht? Kommt vielleicht das Ende der Dinge und die Welt geht zugrunde? Einfach so soll das passieren und die gute alte Erde wird damit vernichtet, nicht vorstellbar. Wir wissen schon, radioaktive Strahlung kann Jahrhunderte lang dauern, bis sie einigermaßen zerfällt und weg ist, vielleicht schadlos wird.

Also kann das bedeuten, die Erde könnte verbrennen, und ohne Feuer. Das ist so merkwürdig, dass ich das nicht wirklich verstehe. Wie kann denn da Leben sein mit radioaktiver Strahlung - wie wird die Erde, das Leben reagieren? Das scheint mir wie Verpestung, Luftverpestung und Erdverpestung - der Boden verbrennt irgendwie, und unser Land, unser Wald. - Was macht der Atomstörfall Tschernobyl, das so weit weg liegt wohl aus?

Nun, habe ich gehört, ein Versuch und eine Maßnahme wird eingeleitet: man betoniert ein, soll heißen, den Feuerbrand löschen, dort Überschütten und Einbetonieren eines Reaktors. Ob das hilft? Die Menschen in dem Land sind überhaupt zu bedauern mit Toten und Kranken, die

wohl zu beklagen sein werden. Mir gehen diese Gedanken bruchstückhaft durch den Kopf. Eine andere Art von Erdverseuchung? Ich bin nicht streng religiös, aber doch ist in mir das Bild einer Strafe Gottes aufgekommen.
Es ist etwas gewaltig falsch gelaufen, aber auch: das Menschenmögliche wird getan. Der moderne Mensch habe alles im Griff. Wer weiß, ob das stimmt? Jedenfalls ist das Geschehene gefährlich, und wie soll das funktionieren mit Betonschichten? Da müssen die Wissenschaftler, Ingenieure, Arbeiter und Bauleiter wohl diese schwere Aufgabe lösen. - Wir sollen keine Pilze pflücken. Wenn das alles ist in unseren Breitengraden, kaum zu glauben! - Ich werde mich doch mit der Schwester und der jungen Studentin unterhalten, vielleicht hat sie für meine bohrenden Fragen fünf Minuten Zeit?
Mir ging es gut mit meinem Mann, das kann ich sagen, auch wenn ich ihn vermisse. So ist das mit dem Alter und dem Lauf der Zeit und mein eigenes Leben ist mir vor dem jetzt sehr unglücklichen Störfall nicht so beschaulich gegenwärtig gewesen. Einer geht und Einer kommt, das ist natürlich, aber ein Unfall oder eine Explosion im Atomreaktor mit Brennstäben, die nicht einfach verlöschen - weiß man wirklich mit so etwas umzugehen?

Ich muss nicht mehr auf die Straße, aber in den Park will ich gern gefahren werden und am offenen Fenster sitzen? Ich soll frische Luft genießen, das klingt augenblicklich wie Hohn, denn was heißt das jetzt?
Nun sitze ich hier und sehe aus dem geschlossenen Fenster. Die jungen Männer waren paddeln und auch draußen. Ich habe alle ein- und aus auf dem Weg gehen sehen. Es ist eigentlich wie immer. Wir haben beginnenden Sommer und alles ist wunderbar grün geworden. Maiengrün, milde Temperaturen und die Sonne scheint mir in die Augen, dass ich blinzeln muss.

(Erinnerung an das Unglück in Tschernobyl um den 26. April 1986)

Peter Reuter
Die Sache mit dem klugen alten Affen…

Ich kümmere mich jetzt wie verrückt um die Natur. Aber so engagiert, sie werden es nicht glauben wollen. Sprachrohr für Flora und Fauna - das ist mein Ziel, welches es zu erreichen gilt. Den Anfang habe ich bereits gemacht. Konkreter ausgedrückt, ich habe ihn mehr als gemeistert. Die mit Bravour geleistete Arbeit beamt mich sofort in die höheren Sphären der schreibenden Zunft. Ich hatte das große Glück, im Zoo den ältesten der dortigen Gorillas interviewen zu dürfen. Dieser Gorilla, er hat seinen Sitz in einem Zoo in einer Kleinstadt, deren Namen ich aus Diskretionsgründen niemals nennen darf. Er fängt mit „L" an und hört mit „andau" auf. Dieser ältere Herr wurde vom Zoodirektor gebeten, sich für ein Gespräch zur Verfügung zu stellen. Und das tat er dann auch. Nach mittlerweile mehreren hundert Jahren in dem besagten Zoo verwundert es nicht, dass er ein deutlich pfälzisch eingefärbtes Deutsch gut versteht und auch spricht. Mein Gastgeschenk nahm er leider etwas unwillig an. Statt einem Kilo Bananen und Orangenlimonade hätte es durchaus Riesling nebst Fleischwurst sein dürfen, erklärte er mir etwas ungehalten. Im Gespräch erzählte er mir von vielen Dingen, welche ihn bewegen. Zur

Sprache kamen gesundheitlichen Probleme und der Ärger mit seinen Frauen. Auch das Fehlen eines eigenen Autos bewegte ihn. Das Essen im Zoo hatte bei ihm ebenfalls allen Zuspruch verloren. Auf die Frage, was ihn denn besonders erfreue, da hatte eine nicht ganz überraschende Aussage: „Wissen Sie, was mich täglich mehr freut? Egal in welche Richtung ich blicke, alle Menschen sind hinter Gittern." In diesem Punkt, denke ich mir, da verstehe ich ihn real gut.

Peter Reuter
Die Sache mit dem Eigentum….

Manchmal habe auch ich einen schweren Tag - keinen schlechten Tag, nur den sehr schweren. Der Unterschied ist sicherlich jedermann bekannt. Neulich war es leider wieder einmal so weit. Selbst der Füllfederhalter ließ aus gutem Grund seine Feder hängen und setzte mir zum Trost einen richtig großen Klecks auf mein Manuskript.
Verschärft wurde der Super-Gau-Tag durch die Abwesenheit der Meinen. Dadurch war an ein Aufheitern oder an das getröstet werden absolut nicht zu denken. Nun denn, gegen Katastrophentage hilft nur noch eines, nämlich das Lesen. Die Auswahl der Lektüre hat unter größter Vorsicht zu erfolgen, um den Therapieerfolg nicht zu gefährden. Leicht und humorvoll, sprühend vor Esprit und doch tiefsinnig, so oder ähnlich muss der Lesestoff beschaffen sein. Er darf selbstredend ruhig übertreiben, mit der Wahrheit muss er es auch nicht so genau nehmen. Um all diesen Faktoren Rechnung zu tragen, deswegen griff ich nach dem Grundgesetz unserer Republik. Dann ging es ganz schnell, Artikel 14, dort der Absatz 2, eine der besten Satiren, die ich jemals gelesen habe. Gerne geschrieben hätte ich diese Humoreske auch:

"Eigentum verpflichtet. Sein Gebrauch soll zugleich dem Wohle der Allgemeinheit dienen".

Laut lachend las diese Geschichte mehrmals. Der Autor dieser Zeilen interessierte mich ebenfalls. Er wurde ganz vorne im Buch vorgestellt und heißt Bundespräsident. Ihm schrieb ich einen sehr netten und herzlichen Brief, gratulierte zum Buch und bat ihn um ein Autogramm. Real schade, bis heute hat er sich leider noch nicht gemeldet.

Marthe Benzen
Anders sein

Was heißt schon anders sein?!
Wer ist schon individuell?
Bedeutet anders sein der Norm nicht
                       zu entsprechen?
Ist anders sein gut oder schlecht?
Was ist die Norm?
Was bestimmt, was die Norm ist?
Jeder für sich ist ein Individuum!
Jeder, ob er nun will oder nicht.
Nur wer sich von anderen abhebt, kann etwas Besonderes leisten.
besonderes zu leisten, macht Dich zu
                       dem der Du bist.
Mich bereichert die Andersartigkeit der Anderen
Das Individuum bin ich!
Ich bin gerne anders als alle anderen, Du
                           etwa nicht?

Morgenstunde

Langsames erwachen
der Natur
schönes Bild der Sonne
Du magische Malerin

Ein Vogel singt auf seinem Baum
dieser schlägt Knospen
unreife Blüten

Winterpelze verlieren die Tiere
gerade jetzt
da es wärmer wird
erblühen sie in neuen Schönheit

Menschen im Park
tollen herum
vor Glück
das ihnen dies
die Natur bietet

Weit und breit
nur ein kleiner Kreis
junger Menschen – allein
für sich
sich freuend über alles
was ihnen gegeben

Unsinn mit Sinn
die Göttin mit Blumen
der Ringelreihen
am Morgen vor acht

Alternative 76

Sie sagen
Freiheit statt Sozialismus
Und meinen CDU statt SPD
und sagen wirklich
Unternehmerfreiheit statt Bürgerfreiheit

Wir würden sagen
Bürgerfreiheit statt Unternehmerfreiheit
würden meinen
SPD statt CDU
müssten also sagen
Freiheit durch Sozialismus

Damals war die SPD noch eine Arbeiterpartei.
Ich weiß, heute passt sie hervorragend zur CDU.
Deshalb musste ich sie auch verlassen, als
Gerhard Schröder Kanzlerkandidat wurde

Eindruck von einer Dichterlesung im Atelier Minkenberg
Das Ölbild

Er sitzt auf einem Stuhl
in seinem ärmlichen Zimmer
eine Gitarre in der Hand
linkshändig spielend
singt er dazu angestrengt
wie ich sehe
einen Blues
Er ist so jung

Hinter ihm die Bilder
sind nicht erkennbar
die Heizung
wird nicht reichen
für mollige Wärme
zu sorgen
das Fenster geschlossen
An der Decke
Brennt
Eine Lampe

Günter Wendt
Ich mach' dich platt!
Kollerups vorletzter Fall

Im Büro war es dunkel und kalt. Es roch wie in einer Dorfkneipe nach abgestandenem Bier, kaltem Zigarrenrauch und Kohlfürzen.
Dass es ein Büro sein musste, konnte ein Besucher nur daran erkennen, dass es einen Schreibtisch mit einer typischen Büroschreibtisch-lampe gab. Der Tisch war einer von der Sorte, die in jedem 50er Jahre Krimi zu sehen waren. Groß wie ein Doppelbett, schwer wie eine Lokomotive und aus massivem Holz. Jede Schublade des Schreibtisches war geräumig wie eine Seemannskiste eines Piratenkapitäns, die, wie jeder weiß, ihre Beute darin zu verstecken pflegten. Auf der dicken Eichenplatte, die übersät war mit eingeritzten Notizen, wie zum Beispiel ›Mommsen anrufen‹ oder ›Ollerup ist doof, lag verstreut im fingerdicken Staub eine Pornozeitschrift, ein verschrumpelter Apfelrest und eine Fliegenleiche.
Der Boden war ein Sumpf aus Zigarettenkippen, leeren Bierdosen und alten verklebten Pizzaschachteln.
Die Wände waren ein Albtraum eines jeden Malermeisters. Zentimeterdick hing harter Ketchup,

Kaffee, und irgendetwas das wie Kaugummi aussah, in der Nähe des Papierkorbes rechts neben dem Schreibtisch. An anderen Stellen der Wände sah man skurril geformte Wasser- und Kalkflecken. Der Putz bröckelte an vielen Stellen ab, rieselte auf vertrocknete Pflanzen. Wie Zuckerguss lag weißes Puder auf dem Bilderrahmen, der, als einziger Schmuck des Raumes, ein fleckiges Bild mit braunen Rändern am Herunterfallen hinderte. Undeutlich und nur mit gutem Willen war auf dem Bild ein Mensch erkennbar. Ein Mann, der einen Arm hob. Mehr war nicht zu erkennen. Beim besten Willen nicht.
Neben dem Schreibtisch gab es etwas, das sich den Namen „Fenster" hart erkämpfen musste: Ein rechteckiges Loch, in dem braun verfärbtes Glas mehr Licht hinaus als hineinließ. Nur mit größter Kraftanstrengung ließ es sich einen Spalt öffnen, was zur Folge hatte, dass es im Sommer wie Winter durchgehend eine einzige Temperatur in dem Büroverschlag gab. 16 Grad Celsius waren im Sommer recht angenehm …
In diese kalte und feuchte Höhle führte eine Tür mit einer Glasscheibe in Kopfhöhe. Zumindest in jüngeren Tagen des Hauses befand sich eine Glasscheibe darin. Jetzt verschloss eine aus alten Teekisten zurechtgezimmerte Platte das Loch. ›Packed and shipped by …‹ konnte man lesen, und ›Darjeeling Plantation … India‹ auf der Flur-

seite. Auf die Tür hatte jemand mit Klebebuchstaben dekorativ, in einer der Schrifttypen, die man sofort mit Bogart Krimis in Verbindung brachte, den Text ›Private Ermittlungen aller Art – 500 Euro/Tag plus Spesen‹ angebracht. Vom Namen des Ermittlers waren nur noch Reste übrig. Zu lesen war ›Kolle…‹.

Eine schnarchende Gestalt lag vor dieser Tür. Die Beine angewinkelt, auf der Seite liegend und einen Daumen im Mund. Seinen Mantel hatte der Mann, denn es musste ein Mann sein, wer hatte sonst als Frau einen Stoppelbart, obwohl, da gäbe es Beispiele – aber ich schweife ab – wie eine Decke über seinen Körper gezogen. Seine Schuhe waren ordentlich nebeneinander am Fußende aufgestellt.

Es war die einzige Tür auf diesem Stockwerk. Eine wackelige Holztreppe führte hinauf und eine genauso wackelige hinunter. Vom Geländer fehlte die eine oder andere Sprosse, an anderen Stellen schien nur der gute Wille zu sein, der das Geländer am Zusammenbrechen hinderte. Oben gab es nichts, außer einen vom Nordseewind durchzogenen und von Tauben zugeknoteten Dachboden. Die untere Etage wurde als Keller genutzt und der Keller war unbenutzbar, seitdem 1701 eine Sturmflut Teile Husums unter Wasser gesetzt hatte.

Die geschnitzte Haustür war eher Zierde, als dass sie jemand davon abgehalten hätte, unberechtigterweise ins Haus einzudringen. Sie nahm die halbe Breite des Hauses ein. Genauer gesagt war das Haus doppelt so breit wie die Tür. Also ein sehr schmales Haus. Zwei Räume. Einer oben und einer unten. Das Haus hatte einen schönen Garten. Sehr lang. Zu erreichen nur über der als Keller- und Abstellraum genutzten Wohn-Schlaf-Küche. Ein Bad befand sich übrigens oben, neben dem ›Büro‹. Der Keller, der größte Raum im Haus, war lediglich über eine Falltür im Garten erreichbar. Neben dem Haus gab es einen kleinen Verschlag für die Mülltonnen. Neben dem Verschlag stand das ›Storm Haus‹.
In diesem sehr alten und sehr schmalen Haus in der Wasserreihe schnarchte also ein ungepflegter Mann vor einem „Büro", dessen Tür verschlossen war. Auf der Straße stolperten schnatternd Touristenhorden durch die Straße und ließen ihre Fischbrötchenpapiere auf dem schmalen Bürgersteig fallen. Kleine braune Köter ließen kleine braune Häufchen fallen, in die kleine nagelneue bunte Kinderstiefelchen traten, um ins naheliegende Fischbistro zu schlurfen.
Unbehaglich zuckte der Schläfer, als ein dicker Brummer erfreut vor sich hin brummte, weil dieser im Mundwinkel des Schläfers etwas entdeckte: Reste eines Krabbenbrotes! Mit Fett

geschwängert glänzten sie am Drei Tage Bart. Der fette Brummer überprüfte gerade sein Essbesteck auf Vollständigkeit und überlegte welche Blutgruppe am besten zu Krabben passen würde, wurde die friedliche mittägliche Siesta von einem Donner erschüttert!
Vor Schreck wurde der Brummer ohnmächtig und fiel in den Mund des Schläfers. Dank eines Reflexes, der verhinderte, dass der Mann an einer dicken Fliege den Erstickungstod erleiden würde, erwachte der Schläfer.
»Sofort festnehmen!«, brüllte der Mann und zeigte auf die am Boden liegende Fliege. »Festnehmen wegen versuchten Mundraubes!«, rief er und wischte sich die Krabbenreste mit dem Handrücken aus dem Mundwinkel. Genießerisch leckte er die Hand sauber, BEVOR diese diebische Kreatur sein Eigentum … NICHT mit Kollerup!
Die Fliege indessen schien zur Besinnung zu gekommen zu sein und putzte sich ihre dicken Flügel. Ihr kleines Hirn hatte scheinbar die Krabben abgeschrieben und tat nun scheinheilig, wie alle Angeklagten! Natürlich! Die Knäste waren voll von unschuldigen Justizirrtumsopfern!
Kollerup sah rot. Mit der ihm eigenen brillanten Auffassungsgabe hatte er zwar beim Erwachen die Sachlage erkannt und den Schuldigen deduk-

tiv ermittelt, aber nicht daran gedacht ihm Handschellen anzulegen. Wie denn auch? Die lagen in einer der Seemannstruhenschubladen des Schreibtisches! Blitzschnell überdachte er seine Möglichkeiten. Er kam zu einem Ergebnis. So ging es nicht weiter. Mit der Gesellschaft ging es unaufhaltsam bergab. Er musste ein Exempel statuieren!

Während er das kriminelle Subjekt aus den Augenwinkeln in Schach hielt, fingerte er mit der linken Hand blind nach seinen Schuhen. Nichts anmerken lassen, dachte er verzweifelt. Der Schweiß trat ihm aus. Da! Weiches Leder liebkoste seine Fingerspitzen. Langsam, ganz langsam zog er den Schuh heran, immer den ›Fat Boy‹ im Auge behaltend.

Jetzt hatte er den Schuh! Sein Griff wurde stahlhart. Der Blick starr.

Neugierig tippelte derweil der Brummer umher und spielte mit Sandkörnern. Gerade als er genug hatte und sich auf den Weg ins Fischbistro machen wollte, unwiderstehlichen Düften nach Kinderstiefel, Hundekot und Fischbrötchenpapier folgend, schlug das Schicksal erbarmungslos zu. Mit einer fließenden Bewegung, einem perfekten Halbkreis, wurde das Sprichwort ›Ich mach' dich platt!‹ vollstreckt.

Berlin

Berlin
was erstrahlst Du
neu
nach all den grauen Tagen
die Lücken schließen sich
und die Straßen
wirken
wie der Vorhof nach Babel
in dem einst
die Bibliothek sich befand
Borges
sprach von ihr
in der sich
der größte Schatz
der Menschen befand
ihr Wissen
Archaisch zwar
doch der geistige Mittelpunkt
der Welt
14. 3. 2002
nach einer Lesung zu Borges in Berlin

Peter Reuter
Ballade der Waffenfabrikaktionäre…

Wir haben Kriege nie geführt – und auch niemals begonnen,
Verderben und das Böses, wir haben niemals es gesät.

Nun gut, bei Munition, da denken wir in Tonnen.
Pistolen und Gewehre, für uns ist alles nur Gerät.

Helme, Granaten liefern wir, auch gute Messer.
Sind nicht gegen Menschen, haben daran nie gedacht.

Niemand auf der Welt macht Waffensachen besser.
Wir produzieren beste Qualität, es wäre doch gelacht.

Drum hört uns zu, wir lieben Menschen alle – und den Held.
Die schwere Arbeit, unsere, gilt nur eurem Frieden – bitte glaub.

Für all unsere Mühe, Plackerei, leider gibt es dafür fast kein Geld.

So ist es mit den Menschen, nichts geben für den Frieden - alle taub.

Panzer, Patronen und auch Särge, wie schwer die Arbeit, der Verkauf.
Uns bleibt ein Trost in mühevollem Leben, die Kriege hören niemals auf.

Die Melodie ist beliebig wählbar. Dazu reiche man vorzugsweise und mehr als angemessen nur Champagner.

Für Paul Celan

„Der Tod ist ein Meister aus Deutschland",
nach dem Krieg er die Wahrheit fand.
Die Sprache als Waffe gefeilt,
stets nach Leben und Frieden gepeilt.
Er entleibte sich doch.
Es blieb die Frage nach dem Leben noch.

Für ELS

Den Nazis knapp entronnen
verlorst Du Deine Wurzeln,
die Wurzeln der Wupper,
die Wurzeln der Berliner Boheme.

Yussuf von Theben,
der Heimat nah
und doch so fern,
so fern Deinem wahren Theben Berlin.

Von Freunden vereinsamt,
gefallen, verstorben, abgewandt,
in die Hitze der Stadt Zions getrieben.
Du, Intellektuell nicht Religiös.

Millionen Rüden erhörten seine Pfiffe,
duckten sich vor gestreichelter Hand,
des Bärtchenmännchens aus Braunau am Inn.

Peter Kuhlemann, verstorben 24. Juli 2005

Ich spreche nicht von mir,
bin einer nur,
spreche von den vielen,
den Autoren in Schleswig-Holstein,
dem Land,
in dem Deine Wurzeln anwuchsen.
Du blühtest für
die Autoren, denen Du Kraft gabst.
Du warst einer von uns.
Trotzdem ragtest Du
aus unserer Menge heraus,
wie der Hörnumer Leuchtturm.
Du hattest Ziele,
bis zum letzten Moment,
für die Literatur,
für die Natur,
für die Kunst
und die Kultur.
Und jetzt ist da ein Loch,
wo Du den Kollegen Wege wiest,
wo wir Deine Hilfe fanden,
Du der Natur beim Leben halfst,
Du zärtlich die Frauen liebtest
und viele Deine Worte hörten.
Als wir vor dreißig Jahren,
in Hamburg,

die Literaturrevolte,
Zerreißen Sprache
Sprechen: Neu
Jandel ++ tönte in Wien,
warst Du einer
ein Etablierter,
der uns stützte.
Du warst ein Freund
Und bleibst es auch
In unseren Herzen.

10. Mai 1933

In Flammen gingen sie auf,
die Worte der Dichter
ungeliebt,
ihre Worte verboten.
Es begann die Zeit des Schweigens.

Dies Gedicht entstand 1983 und brauchte keine Erklärung. Ich glaube heute wissen zu viele nicht mehr von den beschriebenen Taten.

Menschenordner

Im Jahre 1930 kaufte Herr Flick
Sich mit einigen seiner Freunde
Eine Partei seiner Ziele
Zu einer Neuordnung Europas
Es gelang erschreckend

Im Jahr 1984 erfuhr jedermann
Herr Flick kaufte wieder Politiker
Um Deutschland neu zu ordnen
Und die Politiker ließen sich kaufen

Im Jahr 2016 kommt man an dem Gedanken
Nicht vorbei
Die Freunde von Herrn Flick kaufen wieder
Nun besteht die Frage wen man heute abheftet

Geschrieben 1984 und ergänzt 2016

Wochenende in Kiel oder Summertime

Schweben
nur dahinschweben
unter lachender Sonne
mit Segel und Spinnacker
das Meer durchstechen
ab und zu tauchen
tief tauchen

Raindrops keep falling on my head

März 1976, der Sommer wurde ein heißer

Kinderaugen

In den Augen der
Kinder sehe ich
Leben

Ich lese in ihnen
Freude
Trauer
Vertrauen
Leben
Gutmütigkeit

Der Glanz der Kinderaugen
Verzaubert mich

April 1976

Willie Benzen
geb. am 8. Juni 1956 in Kiel geboren, verheiratet, 3 Kinder, eine Tochter seiner zweiten Frau angenommen und drei Enkelkinder. Verlagskaufmann, Verleger und heute Reiseleiter und Reisebusfahrer. Lebte mehrere Jahre im Ausland und in Dortmund, jetzt wieder in Kiel. „Ohne Meer in der Nähe ist es auf Dauer unerträglich." Erste Veröffentlichung ein Gedicht 1964 in der Volkszeitung. Erstes Buch Herbstblatt, zahlreiche Veröffentlichungen in Zeitschriften und Anthologien, letztes Buch 2008 Dalnji Vostok-Ferner Osten im Husum Verlag. Aktiv an der Gestaltung der Literatur in Schleswig-Holstein mitgewirkt

u.a. in der Schleswig-Holsteinischen Literaturgesellschaft, die die Gründung des Literaturhauses in Schleswig-Holstein vorantrieb, im Literaturförderverein NordBuch e.V. den er lange leitete und dessen Ehrenmitglied er heute ist.

Meine befreundeten Autoren/innen, die am Buch beteiligt sind

Irina Benzen
kommt aus dem Fernen Osten Russlands, verheiratet mit Willie Benzen und lebt mit ihm in Kiel. Sie ist Dozentin für Deutsch als Fremdsprache und arbeitet außerdem als ermächtigte Übersetzerin der russischen Sprache. Veröffentlichungen als freie Autorin in den Fundstücken des Literaturförderverein NordBuch e.V.

Marthe Benzen
geb. am 1. 1. 1990 in Kiel geboren, jüngste Tochter von Willie Benzen, studiert an der Christian-Albrechts-Universität Mathematik, spielt erfolgreich Schach und schreibt poetry Slam.

Marlies Borghold alias Agnes M. Holdborg
geb. 1959 im Münsterland und lebt seit über 30
Jahren in Ratingen. 2013 veröffentlichte die ersten beiden Teile der romantischen Elfensaga
„Sonnenwarm und Regensanft" („Zwei Sonnen"
und „Sonnensturm"). 2014 und 2015 folgten 2
weitere Bände: „Elfenstern" und „Elfenlicht";
und der Romance-Fantasy-Roman „Kuss der
Todesfrucht"; 2016 der romantische Erotik-
Thriller „Der Horizont ist nah!"

Christel Bröer
geb. in Schönberg/Holstein, lebt in Kiel. Neben ihrem kreativen und sozialen Engagement schreibt sie Lyrik und Kurzprosa. Seit 1985 nimmt sie an Lesungen in- und außerhalb Schleswig-Holsteins teil, Studium für "Moderne deutsche Literatur", wird Mitglied in der „literaturpost ostsee" und erreicht eigene Veröffentlichungen. Seit 1997 ist die Autorin für den Förderverein für zeitgenössische Literatur Nord-Buch e.V. als Gründungsmitglied ehrenamtlich tätig. 2002 wurde sie 1.Vorsitzende und hat die Organisation des Literaturfördervereins inne, leitet dessen Anthologien Fundstücke und Herausgabe der bis heute erschienenen 11 Bände und schreibt u.a die Vorworte, leitet und fördert regelmäßig 'Kreatives Schreiben' des Fördervereins.

Weitere Mitgliedschaften: seit 2003 in der Else-Lasker-Schüler-Gesellschaft, und im Verband der Schriftsteller in Schl.-Holst. e.V., dort im Vorstand von 2009 bis 2015.
Veröffentlichungen: 2 Lyrikbände: »Morgenlichter und Wolkenschiffchen«, Gedichte und Zeichnungen, Benzen-Verlag Kiel; »Gedanken-Nähe«, Gedichte, Benzen-Verlag Kiel; in verschiedenen Anthologien sowie in den Anthologien »Fundstücke«;
2011 erhielt sie den 1. Lyrikpreis, gefördert für das Projekt 'Soziale Stadt' in Kiel.
2011/12 „Vorfreude", Wintergedichte und Erzählungen, BoD Norderstedt;
Derzeit bereitet sie eigene Lyrik und Prosa vor sowie die kommenden Anthologie Fundstücke.

Stephanie Mattner
geb.1983 in Brandenburg. Studium der "Neueren deutschen Philologie" und "Informationswissenschaft" in Berlin, mit Schwerpunkt auf das Editionswesen und Digitalisierung.
Seit 2013 Mitarbeit in einem etablierten Berliner Verlag.
Neben dem eigenen dichterischen Schaffen, begründete sie 2014 das Publikationsprojekt "Sternen Blick", mit dem sie seitdem verschiedene thematische Anthologien herausgegeben hat - u.a. das Buch "Trümmer Seele" zur Aktion "Dichter für Flüchtlinge".

Barbara Naziri (Aramesh)
Wer ich bin? Eine Pflanze mit jiddischen Wurzeln in persischer Erde, Blütestandort Norddeutschland.
Mein Elternhaus ist iranisch-jüdisch geprägt, aber ich empfinde mich auch als waschechte Hamburgerin. Im Gegensatz zu meiner sehr musikalischen Familie, konnte ich mit einem Musikinstrument weniger anfangen.
Anstatt nach Noten zu spielen, begann ich zu schreiben. Mein Instrument wurde der Füllfederhalter. So entdeckte ich schon früh meine Liebe zum Geschichtenschreiben und zum Dichten.
Ich studierte Iranistik, arbeitete aber als Bibliothekarin. Schon während der Iranischen Revolution nahm ich mich hier der Flüchtlinge an und

erfuhr ihre traurigen Schicksale. Ich wurde Menschenrechtsaktivisten und Gründungsmitglied beim Hamburger Flüchtlingsrat und AGDAZ, einem deutsch-ausländischen Verein. Aus dieser Zeit entstammten mehrere Bücher, die ersten beiden unter dem Pseudonym Maryam Djoun (Der Granatapfelbaum und Leben im Kalten Paradies) und später die Herausgabe von „antastbar – die Würde des Menschen". IMUDI (Initiative für Menschenrechte und Demokratie Iran) gründete ich gemeinsam mit einem Freund. Wir machen auf die Missstände im Iran aufmerksam, zeigen aber auch die Kultur und Schönheit unserer alten Heimat. Mein Iranbuch „Grüner Himmel über schwarzen Tulpen" erzählt davon.
"Herbstgeflüster" entstand gemeinsam mit meinem Freund Peter Reuter. In einem sprühenden Schlagabtausch, unsere unterschiedlichen Herkunftsländer auf die Schippe nehmend, pieken wir mal satirisch, mal schmerzhaft mitten in ein Problem und entdecken dabei viele Gemeinsamkeiten. Dieses Buch behandelt sowohl politische Themen als auch den Menschen an sich und die Liebe, die uns alle miteinander verbindet.
Meine Gedichte schreibe ich unter Aramesh. Ich betrachte mich als Brückenbauerin zwischen den Kulturen.

Veröffentlichungen:
- Herbstgeflüster (mit Peter Reuter) – sowohl Kindle-Ausgabe + als Taschenbuch, 2015, TwentySix – 512 S.
ISBN-13: 978-3740706685
- Grüner Himmel über Schwarzen Tulpen, Rüsselsheim, Christel-Göttert-Verlag, 2011, 422 S.
ISBN-13: 978-3939623274
- antastbar – die Würde des Menschen, als Hrsg., 2010, Saarbrücken,: Dr. Ronald-Henss-Verlag
ISBN: 978-3-939937-12-8 (broschiert) + Kindle
- Leben im Kalten Paradies, Hamburg: Verl. Theorie & Praxis, 1994, 212 S.
ISBN-13: 978-3921866511
- Der Granatapfelbaum, Hildesheim, IKW, 1992, war eine Zeitlang Schullektüre in Hamburg, vergriffen
ISBN: 9783910069190
- Kurzgeschichten + Lyrik in zahlreichen Anthologien.

Peter Reuter
geb. im letzten Jahrhundert, nämlich 1953. Als Schreibender unterwegs in den Bereichen Kurzgeschichte und Satire, meist zeitkritischer Gedichten und dem Haiku. Die Wurzeln liegen beim politischen Kabarett, wo alles als Texter begann. Neben vier eigenen Büchern ist er in allen Ausgaben der WORTSCHAU als Magazin oder Buch, in einigen Anthologien und Literaturzeitschriften vertreten. Bis 2014 Mitherausgeber der WORTSCHAU, welche er mit Wolfgang Allinger gegründet hat. Peter Reuter war Stadtschreiber in Bad Bergzabern und ist aktuell Mitglied des Vorstandes des Verbands deutscher Schriftsteller in Rheinland-Pfalz. Er arbeitet unter anderem für das deutschsprachige kanadische Kulturradio und veröffentlicht auch fleißig

im journalistischen Bereich. Mit seiner Familie lebt er in der Südpfalz.

Bibliographie

Mehr als 150 essayistische und satirische Veröffentlichungen bei der Informationsplattform „theintelligence.de" und beim Kwalae-Verlag.

Eigene Bücher:

- „Pfauenschwanz", Satiren, Deki-Verlag 2003
- „Äfach so doher gebbabeld", Lyrik, Deki 2004
- „Rückkehr in andere Zeiten...", lyrische Erzählung, Deki-Verlag, 2006,
- „Aus dem Leben eines Füllfederhalters", Satire, Shaker Media Verlag 2012.
- „Herbstgeflüster", gemeinsames Buch mit Barbara Naziri, Satiren und Poesie 2015

Veröffentlichung in Anthologien:

- „Luftküsse", Deki-Verlag 2003
- „Wanthologie 1", Deki-Verlag 2008
- „Ein Leben mit Autismus", Telescope Verlag 2012

Veröffentlichung in Programmbüchern WORTSCHAU, „Das fliegende Wörterzimmer": Verlag Vinscript`,

- „Literarische Fütterung" 2008, Verlag Vinscript`,
- „Botanik der Worte", 2009, Verlag Vinscript`,
- „Tot schmeckst Du besser", 2011, Verlag Vinscript`,
- „Zoogeflüster: Helft Tarzan, die Südpfalz ruft, 2011, Verlag Vinscript`,
- „Wer küsst schon gerne Frösche – Märchen aus dem Zoo und Anderswo", 2012, Verlag Vinscript`.

Veröffentlicht in Kunstbüchern:

- „Nur Wetterleuchten?", Haiku, 2012, Neue Cranach Presse Kronach, Herausgeber Ingo Cesaro.
- „Im Ohr ... dein Schweigen", Haiku 2013, Neue Cranach Presse Kronach, Herausgeber Ingo Cesaro.
- „Auf kleiner Flamme", Haiku, 2015, Neue Cranach Presse Kronach,
- „Utopie gesucht", 2012, Arbeitstitel_fading memories, ein Projekt von Desiree Wickler.

Regelmäßige Beiträge und eigene Rubriken in der Literaturzeitschrift „WORTSCHAU" in fast allen bisher erschienen Ausgaben seit dem Start in 2007.

Libuse Rudolf
geb. Hakova, am 14. 6. 1959 in Decin, CSSR in einer politisch Verfolgten Familie. Trotzdem ist mir gelungen nach mehreren Versuchen zum Studium auf Philosophischen Fakultät Universität Prag kommen, abg.1985 als Sprachlehrerin für Tschechisch und slawische Sprachen, inkl. Kinderpsychologie als Erziehungsberaterin. 1986 illegal geflüchtet nach Österreich, 1988 bekam das politische Asyl u.1992 die österreichische Staatsbürgerschaft. Arbeitete bei Lebenshilfe als Assistentin für Menschen mit Behinderung in Salzburg, später als Haushaltshilfe, z.Zt. als Kinderanimateurin. Verheiratet, 2 Söhne Markus u. Maximilian, lebt in Tirol. Malt, schreibt und liebt Menschen.

Günter Wendt
meine Karriere als Autor begann, als ich in der Schule für einen Aufsatz ein dickes Lob bekam. Es ging um eine »spannende Geschichte«, die wir im Fach Deutsch schreiben sollten.
Dann legte ich eine knapp fünfzigjährige schöpferische Pause ein, die im Jahr 2002 unterbrochen wurde, als ich Lust auf eine „spannende Geschichte" hatte. Ich bildete mir ein, dass ich nun genug Science-Fiction und Krimis gelesen hatte und mich endlich mal ans Werk machen sollte, Verdammt noch mal! So schrieb ich einen sehr kurzen Krimi „Eene meene hickenpacken", der im Jahre 2006 später im Verlag Ahead And Amazing in einer Anthologie erscheinen sollte. In der Urfassung hatte der Kommissar noch keinen Namen. Lediglich der Typ des Menschen, der

den Kommissar verkörpern sollte stand fest. Eine Mischung aus Schimanski und Colombo. Später bekam der Kommissar ohne Namen einen Kollegen an die Seite.
Nachdem ich also 2002 meinen ersten „Krimi" geschrieben hatte, lag der anschließend in der Schublade und reifte vor sich hin. In den nächsten Jahren verlegte ich meine schriftstellerischen Aktivitäten ins Internet. Noch heute findet man diese Versuche kreativ zu schreiben, irgendwo im weiten Netz der Daten. Unter den verschiedensten Pseudonymen habe ich ziemlich schräges Zeug geschrieben.
Das änderte sich, als ich die Bekanntschaft mit dem Ostenfelder Herausgeber Manfred Jelinski machte. Eigentlich Berliner, aber dett macht ja nüscht. In seinem Verlag Ahead And Amazing erschienen in drei Bänden bis 2009, Geschichten von mir. Unter anderem auch der anfangs erwähnte kurze Krimi „Eene meene hickenpacken … oder wie man garantiert einen Mörder entlarvt". Das war die Geburtsstunde von Kollerup und seinem Kollegen Ollerup.
Nach dem ersten Band der Reihe „Was Wäre Wenn…", begann ich ernsthaft zu schreiben. Auch wieder im Internet. Ich war „Luzifers Freund", mal „Käptn Rum" und eher selten Günter Wendt. Im realen Leben gewann ich den ei-

nen oder anderen Preis, zum Beispiel mit einem Essay zum Thema „Macht Leben klug".

Zwischendurch und immer mal wieder bin ich im offenen Kanal als Nutzer tätig. „Die Nacht auf der Hallig" (2010), zusammen mit Hannes Nygaard, „Der Mann von Gegenüber" (2011), mit Sandra Dünschede, waren Kriminalhörspiele, die ich mit Laienspielern aus Nordfriesland aufgenommen habe. Die Hörspieldrehbücher dazu hatte ich geschrieben. Die Ideen kamen von Nygaard und Dünschede, sowie anderen Autoren aus unserer Region.

Ab 2013 folgten Lesungen unter anderem beim Kulturfestival21 in Husum.

Meinem aktuellen Buch, „Trash Reloaded – Luzifers Vermächtnis", wird ein zweites folgen. Nicht ganz so trashig, dafür etwas „normaler", mit kurzen Krimis, Satire und lyrischen Querdenker-Gedichten.

„Ich mach Dich Platt" erschien erstmals im Verlag Ahead And Amazing, Ostenfeld

Günter Wendt, Husum 2016

Hans Max Werner
geb. 1946 als Peter Werner in Hilbersdorf, bei Freiberg/Sachsen
Journalistik Studium, Rockmusiker, Gastronom, Journalist, freier Autor, Texter, Komponist, Satiriker.
Mitglied der GEMA, VG-Wort, des Schriftstellerverbandes S/H, der Autorengruppe CoLibri und Literatur-Theater Kiel.

ab 2000 fortlaufend öffentliche Lesungen, vor allem Lesetouren durch Norddeutschland, auch Buchmesse Leipzig. Redaktionsmitglied der Stadtmagazine Schleswig und Rendsburg, Magazin „WIR" und „Spätlese". Beiträge in Literaturzeitschrift „Wortwahl" Kiel.

Seit Okt. 2008 wohnhaft am Bodensee und auf La Gomera.
2000 Mai erste Buchveröffentlichung: „Geliebt und gehasst . . . hier ruht die DDR in Frieden." Benzen Verlag Kiel, 220 Seiten, ISBN 3-925852-18-2   2004 Juni zweite Buchveröffentlichung: „Kein Tag wie der andere" - satirische Betrachtungen einer Kindheit und Jugend in der DDR Verlag videel Niebüll, 196 Seiten, ISBN 3-89906-836-X
Bis heute: Diverse Lesungen (über 200) und Vorbereitung neuer Buchausgaben
Beiträge in Stadt- und Kulturmagazinen.
Musikproduktionen mit eigenem Songmaterial